Wolfgang Herrndorf

In Plüschgewittern

Roman

Rowohlt Taschenbuch Verlag

Die Erstfassung aus dem Juli 2002
wurde vom Autor überarbeitet.

4. Auflage September 2013

Neuausgabe März 2012
Veröffentlicht im Rowohlt Taschenbuch Verlag,
Reinbek bei Hamburg, April 2008
Copyright © 2002 by Zweitausendeins Versand Dienst GmbH,
www.zweitausendeins.de
Umschlaggestaltung ANZINGER | WÜSCHNER | RASP, München
(Abbildung: Brian Stablyk / Getty Images)
Satz Adobe Garamond PostScript (InDesign)
Gesamtherstellung CPI books GmbH, Leck
Printed in Germany
ISBN 978 3 499 25883 1

In Plüschgewittern

*Mit besonderem Dank an
Kathrin Passig und Holm Friebe*

I

Ich stehe auf der Autobahnraststätte Würzburg-Haidt, in der Nähe der Ausfahrt, an einen blauen Mietlaster gelehnt. Es ist früher Nachmittag. Neben mir steht Erika, ihre Schultern pendeln vor und zurück, sie schluchzt. Sie macht ganz seltsame Geräusche, wie ein Hund in Atemnot. Ich habe so etwas noch nie gehört.

Dabei haben wir uns schon vor langer Zeit getrennt. Ich hatte ihr gesagt, dass ich sie nicht mehr liebe, und sie hatte gesagt, ich weiß. Geändert hatte sich nicht viel dadurch, und es ist eigentlich ein glücklicher Umstand gewesen, dass sie zufällig eine Arbeit in Frankfurt gefunden hat, sodass wir auch einen richtigen Grund haben, uns zu trennen.

Gestern Nacht lagen wir in Erikas Bett. Im Halbdunkel habe ich auf die Wand geschaut und aus den Augenwinkeln auf den blinkenden orangen Punkt neben mir. Ich war kurz vorm Einschlafen, als Erika sich umdrehte und sagte, dass sie ja eigentlich froh wäre. Was denn?, habe ich gesagt und mich auch umgedreht, und Erika hat die Kippe im Blumentopf ausgedrückt. In der ganzen Wohnung standen nur noch der Blumentopf und das Bett. Auf dem Teppich waren die Abdrücke der Möbel zu sehen wie in einem Architektengrundriss. Überall lag Dreck.

Ich kann nicht mit jemandem zusammen sein, hat Erika gesagt, der sich für rein gar nichts interessiert. Dann ist ja alles in Ordnung, habe ich gesagt. Und darauf Erika: Genau das meine ich. Stundenlang. Ich war zu erschöpft, um das Gespräch abzubrechen. Den ganzen Tag über hatten wir Erikas Habseligkeiten in den Laster geladen. Erika hatte Freunde gebeten, ihr beim Umzug zu helfen, aber es war keiner gekommen. Die meisten waren noch im Urlaub. So mussten wir alles zu zweit schleppen. Second-Hand-Kleider und Second-Hand-Möbel, unglaubliches Zeug, darunter mindestens fünfzig Gewürzregale. Ich weiß nicht, wo sie die alle herhatte. Erika gehört zu diesen Leuten, die auf jeden Flohmarkt gehen und an keinem Sperrmüllhaufen vorbeilaufen können. Nachher habe ich immer nur noch die eine Augenbraue hochgezogen bei jedem Gewürzregal, das auf dem Speicher auftauchte, und Erika war sauer, weil ich so die Augenbraue hochgezogen habe. Die letzten zehn habe ich dann heimlich über die Böschung in den Fluss geworfen.

Heute Morgen haben wir das Bett auseinandergeschraubt und in den Laster geladen und sind losgefahren. Die ganze Strecke mit 90 km/h, bis Würzburg-Haidt. Und da stehen wir jetzt. Seit dreieinhalb Stunden stehen wir auf dieser Autobahnraststätte, kurz bevor die Autobahn sich gabelt, und reden und reden, obwohl wir uns gar nichts zu sagen haben, unterbrochen nur von diesen Anfällen von Atemnot.

Erika muss weiter nach Frankfurt. Ich will von hier aus nach Hamburg trampen, und das wird immer schwieriger. Es wird bald dunkel. Ich biete Erika eine Zigarette an, und sie reagiert nicht. Ich sehe die Bäume, die gegenüber auf der anderen Seite der A3 hin und her schwanken wie in Zeitlupe. Kiefern, glaube ich. Manchmal lässt der Wind nach, dann kommen die Kiefern fast zum Stillstand, aber nie ganz.

Von der Autobahn aus gesehen, ist Deutschland eigentlich ein ziemlich homogenes Land. Man kann irgendwo an einer Tankstelle aussteigen und sich die Umgebung zusammensetzen aus ein paar grünen Hügeln, gelbgeklinkerten Gebäuden und einer Schöller-Eiskremfahne. Es hat erschreckend viel Ähnlichkeit mit diesen Faller-Modellbaulandschaften, die wir als Kinder immer zusammengesetzt haben, Häuser für 5,95 DM mit verschiedenen Pappgardinen und Bäumen aus Islandmoos. Aber das ist ja auch kein Wunder, diese Modelle waren schließlich sehr gut.

Desmond hat mal die Theorie aufgestellt, dass die Welt nicht funktioniert, weil man von allem immer erst den Entwurf kennenlernt. Erst zeigt man uns Aufklärungsbüchlein, zehn Jahre danach kommt die Praxis. Erst baut man sich eine Faller-Welt zusammen, und nachher merkt man, dass man schon immer in ihr gelebt hat. Deshalb ist man dann dauernd enttäuscht, und Humorlosigkeit, Völkermord und Designerstühle sind die Folgen. Das stimmt natürlich nicht. Aber das ist so eine typische Desmond-Theorie, die stimmen alle nicht.

«Hörst du mir eigentlich zu?», fragt Erika, und ich sage, dass ich gerade in Gedanken war, und mache ein trauriges Gesicht, damit sie meint, es hätte was mit ihr zu tun. Erika hat sich mit beiden Armen auf die Kühlerhaube gestützt, als würde sie das Auto einen Berg hinaufschieben wollen.

«Ich hab gesagt, vielleicht sehen wir uns nie wieder.»

«Natürlich sehen wir uns wieder», sage ich.

Sie schlägt vor, noch ein Stück spazieren zu gehen, aber ich habe keine Lust, spazieren zu gehen. Die Aussicht, nachher irgendwo auf der A7 zu versacken, begeistert mich nicht gerade. Letztes Mal bin ich bis kurz vor Hannover gekommen und hab dann unter einer Brücke übernachtet. Während ich hier mit Erika stehe, sind mindestens schon vier Tramper weggekommen, und einmal hat sogar ein Hamburger Nummernschild gehalten, vor etwa einer halben Stunde. Erika hat meinen Blick verfolgt und gesagt: «Du kannst es gar nicht erwarten, oder?»

Sie klettert über die Leitplanke. Was soll ich machen. Ich klettere auch über die Leitplanke und laufe einen Trampelpfad entlang, Erika hinterher. Es sieht aus wie in der Nähe jeder Autobahnraststätte: Bierdosen, eine schlechtasphaltierte Landstraße, brachliegende Äcker. Der Wind weht Erika die Haare beim Sprechen in den Mund, sie ist noch immer beim Beziehungselend. Sie bringt es mit meinem Charakter in Zusammenhang, probiert ein paar Beleidigungen, aber sie tappt ziemlich im Dunkeln. Während sie ihren Blick in den Himmel richtet und redet, zähle ich die Bierdosen, die im Unterholz liegen. Becks gegen Heineken. Lange Zeit liegt Becks vorne, dann holt Heineken auf. Als ich bei 17:17 bin, muss ich plötzlich daran denken, wie ich mich von meiner ersten Freundin getrennt habe.

Das war auch so ein Großereignis gewesen. Diese Trennungen sind ja alle gleich. Der einzige Unterschied war, dass es mich damals mitgenommen hat. Es war kurz nach dem Abitur. An sich war die Sache längst vorbei, aber es war, wie gesagt, meine erste Liebe, und damals wusste ich noch nicht, dass so etwas ohne großen Knall enden kann. Beziehungsweise woran genau man das merkt, wenn es so weit ist. Wir waren ein Jahr zusammen und haben uns wirklich schlimm gelangweilt. Schließlich habe ich es ihr gesagt. Dann haben wir geweint, und einen ganzen langen Tag haben wir miteinander geredet, diesen ganzen Weißt-du-noch- und Wie-wir-uns-kennengelernt-haben-Scheiß, unglaublich philosophische Dinge. Und das Komische daran ist, und darum erzähle ich das, dass nichts davon in meinem Kopf hängengeblieben ist. Nicht ein einziges Wort. Nada.

Nur an ein winziges Detail erinnere ich mich noch. Es war ein warmer Sommerabend, ich brachte meine Freundin ein letztes Mal nach Hause, und plötzlich traten aus allen Häusern Leute auf die Terrassen und Balkone hinaus, wie auf ein geheimes Kommando. Alle gleichzeitig, alle schweigend und bedrückt, als wollten sie sich über uns lustig machen. Ich dachte zuerst, ich bilde mir das nur ein, weil schon der ganze

Tag so verquer gelaufen war. Aber es war keine Einbildung. Und erst als ich zu Hause meinen Vater zusammengekrümmt vor dem Fernseher liegen fand, fiel es mir wieder ein: Es war der letzte Tag der Fußball-Weltmeisterschaft gewesen, und Deutschland hatte gegen Argentinien mit 2:3 verloren, durch Tore von Brown, Valdano und Burruchaga.

Daran erinnere ich mich noch. Aber an die wirklich wichtigen Dinge kann ich mich nie erinnern. Im Rückblick kommen mir die Höhepunkte meines Lebens vor wie eine Reihe von Zufallsbildern. Fußballübertragungen, Tapetenmuster, Werbemelodien. Und eine kleine Entzündung auf der Oberlippe des Gegenübers erweist sich als haltbarer und beständiger als alle Liebesschwüre oder Daseinskatastrophen.

Aber ich bin natürlich ein Schwein, an so etwas zu denken, während Erika neben mir tief und entsetzlich leidet. Gerade hat sie wieder diese Geräusche gemacht wie ein Hund in Atemnot, und nun hält sie sich an einer Kiefer fest. Obwohl, seit wann haben Kiefern eine grüne Borke? Ich weiß es nicht.

Die Sonne schwebt flach überm Horizont, die Wolken haben Ränder. In der Ferne steht ein Mann vor einer Telefonzelle, und auf einmal habe ich diesen Kinderwunsch, ich könnte er sein und er ich.

Erika umarmt mich. Meine Arme werden gehoben und gesenkt im Takt von Erikas Lunge, und ich muss daran denken, wie die Luft da hineingeht in ihre Lunge, von innen die schleimigen Organe berührt und chemisch verändert wieder herauskommt. Bei der Vorstellung dieses nackten biologischen Vorgangs wird mir auf einmal schlecht, und ich fühle mich schuldig, weil mir schlecht wird. Ich überlege, wie das früher war, als wir uns kennengelernt haben, aber die Bilder reißen immer sofort wieder ab. Ich kann mich nicht mehr konzentrieren.

Im Stern gab es mal dieses Foto, Anfang der 90er, glaube ich, eine Reportage über die Generation X. Generation X, das war so ein Begriff, der damals aufkam, und das sollten Jugendliche sein, die sich der Gesellschaft verweigern, ohne gegen sie zu protestieren. Oder so ähnlich jedenfalls. Ich hab es nicht genau verstanden.

Natürlich gab es das auch gar nicht, und da hat dann der Fotograf vom Stern eben so Leute wie Erika in eine unordentliche Umgebung gesetzt, und im Text hieß es dann, Erika, 22, sei wahnsinnig selbstbewusst und intelligent, würde aber nur als Kellnerin jobben, und das auch nur, wenn sie gerade Geld brauchte, und mit Freunden würde sie durch die Straßen ziehen, billige Drogen konsumieren und die Spießer verhöhnen und nachts im Bett Turgenjew lesen.

Es war ein klasse Foto, wie sie da auf der Bettkante hockte und überhaupt nicht lächelte mit ihren riesigen Schneidezähnen, und Erika hat sich furchtbar darüber aufgeregt. Bei Turgenjew, der aufgeschlagen auf ihrem Nachttisch lag, war sie über die ersten dreißig Seiten nie hinausgekommen, und das hatte sie dem Mann vom Stern auch gesagt. Aber der wollte von Terry Pratchett wiederum nichts wissen. Und dass der Rest auch nicht stimmte und dass es die Generation X gar nicht gab – all das hat Erika aufgeregt. Allerdings zu Unrecht. Denn es dauerte nicht lang, und dann gab es das *wirklich*, und die Leute liefen so herum, und das war auch kein Wunder. Selbst mich überkam beim Anblick des Mädchens, das auf der Bettkante hockte, billige Drogen konsumierte, die Spießer verhöhnte und nachts im Bett Turgenjew las, ein unbestimmtes Sehnsuchtsgefühl. So ein Foto war das.

Ich versuche, auf Erikas Armbanduhr zu gucken. Es ist kurz vor fünf, und ich weiß, dass ich es heute auf keinen Fall mehr bis nach Hamburg schaffe. Das sind noch fünfhundert Kilometer. Erika hält meinen Kragen fest und schnipst den Reißverschluss rauf und runter.

«Erzähl mal was», sagt sie.

«Was denn?»

«Was du zum Beispiel gedacht hast, als du mich das erste Mal gesehen hast.»

Ich weiß nicht, wann ich Erika zum ersten Mal gesehen habe. Das muss an der Uni gewesen sein.

«Lass das», sage ich. Erika schnipst weiter an meinem Reißverschluss herum. Er macht zwei verschiedene Geräusche, das beim Schließen klingt dunkler. Ich überlege, warum es dunkler klingt, und daran merke ich, dass in meinem Kopf schon nicht mehr alles in Ordnung ist. Dabei habe ich noch nichts getrunken.

«Irgendwas», sagt Erika.

«Irgendwas», sage ich.

Mir fällt die Geschichte von dem Kindergeburtstag ein, wo ich mal eingeladen war. Die Eltern des Kindes waren beide Psychologen, und deshalb ging es da ziemlich langweilig zu. Es gab keine wilden Spiele, es gab auch nichts zu gewinnen, nicht einmal Cola gab es da, sondern nur Tri-Top. Gespielt wurden ausschließlich so Intelligenzspiele, und eines dieser Spiele bestand darin, dass wir aus den Buchstaben eines Wortes möglichst viele andere Wörter bilden sollten. Die Mutter schrieb das Wort KAISER mit großen Lettern auf eine Papptafel, dass es alle sehen konnten, und es war erstaunlich, wie viele Möglichkeiten es gab. Das längste Wort aber, das überhaupt möglich war, hatte nur ich gefunden, nämlich ERIKAS, indem ich behauptete, Erikas, das sei der Plural von Erika. Die Psychologin-Mutter aber meinte, Plural, das sei ja wohl Quatsch, das gebe es nicht, und nur deshalb habe ich das Spiel dann nicht gewonnen. Das war meine erste Begegnung mit dem Namen. Ich weiß nicht, warum mir das ausgerechnet jetzt einfällt.

Ich kann mich allerdings noch ganz genau an die Mutter erinnern, die eine schreckliche Betonfrisur hatte. Und dass ich als Kind immer gedacht habe, da müsse doch ein Zusammenhang sein zwischen ihrer Dummheit und dieser Betonfrisur.

Gequält lächelt Erika mich an. Sie sagt, dass das typisch ist für mich und dass das daran liegt, dass ich einfach nicht zuhöre. Dass sie sich fragt, wie es überhaupt jemals jemand mit mir ausgehalten hat. Es sei nämlich nicht zum Aushalten, nie gewesen. Sie fragt nach unserer ersten Begegnung, und ich erzähle so einen Scheiß. Dann sagt sie, dass sie jetzt nach Frankfurt fährt, dass es ihr egal ist, was ich davon halte. Von ihr aus könne ich hier gern noch länger rumstehen und Selbstgespräche führen.

Wir gehen langsam zum Parkplatz zurück. Als wir über die Leitplanke steigen, schaue ich mich noch einmal um. Ich sehe das reisende Ehepaar, das Erika und mich schon die ganze Zeit glotzäugig beobachtet, während es auf der Kühlerhaube seines Audi quattro einen Imbiss aus belegten Broten und Thermoskannen-Tee vorbereitet. Ich sehe die Bierdosen im Unterholz, die blauen Autobahnschilder, die schwankenden Kiefern, und ich frage mich, welches dieser Zufallsbilder später einmal aus meinem Gedächtnis auftauchen und mich an diesen Tag erinnern wird, wenn ich Erika und ihr Gerede längst vergessen habe.

Erika schließt die Beifahrertür auf. Ich hole meinen Rucksack aus dem Laster und die Zigaretten. Das Geräusch der Autobahn wird plötzlich lauter, durch die offene Autotür reflektiert.

«Vielleicht», sagt Erika und dreht ihren Kopf nach links unten, wo aber nichts Besonderes ist – vielleicht sehen wir uns nie wieder, ergänze ich ihren Satz in Gedanken, und diesmal werde ich ihr recht geben – «vielleicht hast du wirklich nicht alle Tassen im Schrank», sagt Erika, und ich merke, dass sie immer noch bei der Geschichte mit dem Plural ist. Sie streicht mir über den Kopf wie einem kleinen Hund, und ich sehe ihre hellbraunen Unterarme. Ich sehe ihre albernen Narben, und dann sehe ich, wie sie ein mitleidiges Lächeln aufsetzt: Den ganzen Tag über habe ich dir von meinen schönen und wichtigen Gefühlen erzählt, und du erzählst was von Plural, weil du das alles nicht begreifen kannst.

Ich hasse diesen Quatsch. Aber ich will auch nicht, dass sie ihren Gesichtsausdruck noch einmal eine Stunde lang in Worte fasst, und deshalb sage ich nichts dazu. Ich sage so etwas Ähnliches wie: «Meld dich mal», und sie schließt die Autotür mit einer müden, eleganten Bewegung.

Sie hat Mühe, den Rückwärtsgang reinzukriegen. Die Gangschaltung ist nicht in Ordnung, wir haben das vergeblich reklamiert gestern, und auch später knirscht es noch einmal, während sie die Spur wechselt. Die meisten Autos haben ihre Scheinwerfer eingeschaltet. Ich stehe auf der Standspur und winke einem blauen Mietlaster hinterher, wo links eine Hand raushängt, die auch winkt. Auf der Hecktür prangt ein großes weißes R, das sich langsam entfernt, und ich überlege, ob das was zu bedeuten hat, ob das jetzt ein Zeichen ist, und während das R immer kleiner und kleiner wird, sehe ich als Letztes, wie da links diese Hand verschwindet.

2

«Hey! Wir hatten dich schon gestern erwartet!», ruft Marit von der Terrasse, als ich noch fünfzig Meter entfernt bin.

Ich bin nicht mehr in Hamburg gewesen seit dieser berühmten Party. Marit und mein Bruder haben das Haus übernommen, und mein Bruder findet nichts Anstößiges daran, sein Leben dort zu beenden, wo es auch angefangen hat. Er ist etwas schlanker geworden, oder zumindest kommt es mir so vor, wenn er da neben der schwangeren Marit steht. Als Paar sehen die beiden ziemlich attraktiv aus, wie eine Joghurtreklame. Marit hat große Augen, dickes blondes Haar, und sie lächelt. Sie lächelt immer, auch wenn sie nicht lächelt. Ihr Vater ist evangelischer Pfarrer in Reinbek, einer von diesen pazifistischen Querulanten, was man aber nicht dazu sagen muss, wenn man Marit so sieht.

Volker war Marits erster richtiger Freund, und das war eigentlich ziemlich erstaunlich. Marit hatte mehr Verehrer an der Uni als der Russlandfeldzug Tote hinterließ. Was den Ausschlag für meinen Bruder gegeben hat, weiß ich nicht. Kann ich mir auch nicht vorstellen. Aber die beiden sind vom ersten Tag an nur noch als Doppelpack herumgezogen, ins Theater gegangen und in Musicals, und sie haben die Wochenenden mit gemeinsamer Lektüre verbracht. Das denke ich mir ausnahmsweise mal nicht aus: Die haben wirklich zusammen auf dem Teppich gelegen und gelbe Reclam-Hefte gelesen. Und maximal vier Jahre später haben sie auch schon miteinander geschlafen.

Wenn ich mich richtig erinnere, hat Marit damals Germanistik im Hauptfach studiert, und dann noch Basteln oder so was. Davon ist allerdings nicht mehr zurückgeblieben als ein paar studentische Gewohnheiten und eine unappetitliche Neigung zu Rilkes Frühwerk. Wenn man Marit zum ersten Mal trifft, könnte man denken, dass sie eigentlich ganz normal dämlich ist, wie Studenten eben. Aber das ist sie nicht. Marit ist unglaublich beschränkt, und das offenbart sich am deutlichsten in ihrer Weltoffenheit, in ihrer absurden Toleranz. Man kann in einem Gespräch mit ihr nicht mal das Wort Marihuana erwähnen, ohne dass sie sofort ihre Meinung sagen muss, dass Nikotin ja auch eine Droge ist. Und Alkohol ist ja auch eine Droge. Und dass Alkohol ja vielleicht sogar die schlimmste Droge ist und dass irgendwas legalisiert werden muss. Dabei würde sie nicht mal ein Aspirin schlucken, wenn sie einen Schädelbasisbruch hätte.

Oder wenn in den Nachrichten jemand eine Synagoge anzündet, ruft Marit als Erstes, dass sie das gar nicht verstehen kann, wieso da ein Mensch Synagogen anzündet, und das ist denn auch der Grund, warum es bisher noch jedes Mal gekracht hat zwischen uns. Sie ist einfach nicht ganz dicht, und zwar in einer Form, die man nicht mehr ertragen kann. Mein Bruder versucht dann immer zu schlichten, aber er ist leider für einen Schlichter zu parteiisch. Letzte Weihnachten habe ich ihm ein Häkelbild geschenkt – ich weiß nicht, wie das in Wirklichkeit heißt – jedenfalls so ein Ding vom Flohmarkt, wo jemand mit viel Mühe den Satz *Jedem das Seine* draufgestrickt hatte. Ich habe vorgeschlagen, er solle es über die Schlafzimmertür hängen.

Als Kind habe ich manchmal gedacht, dass er wahrscheinlich gar nicht mein Bruder ist. Meine Mutter hätte ja fremdgegangen sein können oder ihn adoptiert haben. Das habe ich wirklich gedacht. Alles an ihm war fremdartig und langsam. Zur fixen Idee wurde diese Vorstellung allerdings erst, als sie sich umkehrte. Als ich dachte, wahrscheinlich bin *ich* es, den sie adoptiert haben. Als in Biologie die Blutgruppen drankamen und der Lehrer Freiwillige zum Testen suchte, habe ich mich sofort gemeldet, um dann zu Hause mein Ergebnis Null-Negativ mit den Blutspendeausweisen meiner Eltern zu vergleichen. Die Erkenntnis, dass ich theoretisch ihr Kind hätte sein können, hat mich aber nicht allzu sehr beeindruckt. Null ist ja eine ziemlich häufige Blutgruppe.

«Das ist aber schön», sagt Marit noch einmal und streckt mir beide Hände mit den Handflächen schräg nach außen gekehrt entgegen. Ich bleibe mit der Hose am Maschendraht hängen, stolpere mit meinen Bierdosen auf den Rasen, und es ist mir peinlich, dass ausgerechnet die schwangere Marit mich auffängt. Wir umarmen uns halbherzig. Mein Bruder schiebt die große Terrassentür auf und hinter uns wieder zu, damit keine Insekten reinkommen. Das habe ich schon lange nicht mehr gehört, das Geräusch der Terrassentür, und ich glaube, das hätte ich gern auf Kassette: Geräusche aus dem Haus, wo ich meine Jugend ließ, zweimal fünfundvierzig Minuten.

Bratengeruch hängt in der Luft. Ich stelle den Rucksack ins Wohnzimmer und nehme zuerst einmal eine Dusche, und als ich wieder die Treppe runterkomme, ist mein Rucksack weggeräumt, und das Abendessen steht auf dem Tisch. Große dampfende Töpfe, schweres Silberbesteck, Stoffservietten und eine violette Kerze in der Mitte. Ich betrachte andächtig das Silber, mit dem meine Großmutter vor fünfzig Jahren über die vereiste Ostsee gestolpert ist. Am Griff ist das Monogramm B. M. eingraviert. Keine Ahnung, was das eigentlich bedeutet, B. M.

«Einen guten Appetit», sagt mein Bruder.

«Dein Hemd ist ja die gedrängte Wochenübersicht», sagt Marit und berührt mich am Ärmel, als ich gerade mit Essen anfangen will.

Das wäre jetzt nicht so schlimm, aber das ist ein Satz, den

früher immer meine Mutter zu mir gesagt hat, und ich bin wie vor den Kopf geschlagen: Dein Hemd ist ja die gedrängte Wochenübersicht.

Ich will gar nicht wissen, wie Marit da rangekommen ist, an diesen Satz. Sie hat meine Mutter nicht gekannt, und ich finde, der Satz hat in ihrem Mund absolut nichts zu suchen. Im Gegensatz zu meiner Mutter sagt sie ihn auch nicht als Ankündigung, dass das Hemd mir innerhalb der nächsten zwei Stunden weggenommen wird, um in die Waschmaschine zu wandern. Aber wenn Marit demnächst sieben Kinder hat, und das kann ja nicht mehr lange dauern, dann wird sie das mit Sicherheit tun, und ihre Kinder werden mit diesem Satz, den sie sich widerrechtlich angeeignet hat, ebenso aufwachsen wie ich, und ich bin wirklich empört.

Ich erzähle von der Tramperei, weil mein Bruder das wissen will, und wie ich kurz hinter Kassel versackt bin, und Marit erzählt von ihrem letzten Urlaub auf den Galapagos-Inseln. Es gibt Soja-Fleisch und Kartoffeln und frische Erbsen dazu. Es riecht alles sehr gut, obwohl ich ja finde, dass Erbsen aus der Dose besser schmecken. Aber das kann man Leuten, die an ihren Küchenschränken aus Zeitschriften herausgerissene Vitamintabellen kleben haben, natürlich nicht begreiflich machen. Das ist auch nur so eine Sentimentalität von mir, das mit den Erbsen, so wie mit der Wochenübersicht, und als ich darüber nachdenke, habe ich plötzlich keinen Hunger mehr.

Ich stütze meinen Kopf in beide Hände. Ich bin auf einmal furchtbar müde. Durch die geschlossenen Augen sehe ich das Bild von Frau Gabler, wie sie mit einem Einkaufswagen und einer Horde Enkelkinder durch den Supermarkt schiebt, und sofort mache ich die Augen wieder auf.

Dann räumt Marit die Teller ab. Mein Bruder entkorkt eine Flasche Wein, aber wir finden kein Gesprächsthema. Der

Wind treibt Tumbleweed durchs Wohnzimmer. Seit unserer letzten Auseinandersetzung haben Volker und ich nicht mehr miteinander geredet, und das ist schon ein paar Monate her. Wobei Auseinandersetzung sehr vorsichtig ausgedrückt ist, es war eher eine Schlägerei. Ich glaube, wenn wir uns überhaupt nicht mehr gesehen hätten, hätte das auch keinen gestört.

Ich hatte damals unter anderem ein paar Gedichte von Rilke auswendig gelernt, um sie Marit vorzutragen. Nämlich die, wo Rilke seinen Pimmel besingt in dem gleichen Tonfall, den er sonst für Engel, Blumen und notleidende Tiere draufhat. *Schon richtet dein unwissendes Geheiß die Säule auf in meinem Schamgehölze*, und so weiter und so weiter. Marit hat mir das sofort nicht geglaubt, dass ihr Lieblingsschriftsteller einen solchen Dreck geschrieben hat. So ein Unsinn, hat sie immer gesagt, so ein Unsinn, und schließlich hat sie ihre Werkausgabe angeschleppt.

Am nächsten Tag waren die Pimmelgedichte mit der Rasierklinge rausgetrennt. Ich bin mit dem Buch in der Hand zu Marit in die Küche gelaufen, um ihr zu dieser Entscheidung zu gratulieren. Sie war gerade damit beschäftigt, Babybrei zuzubereiten, oder etwas ähnlich Aussehendes, sie war ja erst im soundsovielten Monat. Ich habe sie also gelobt für das Raustrennen der Gedichte, und dann habe ich ihr noch mehr von diesem Rilke vorgelesen und bin dabei immer um sie herumgesprungen und habe bei jeder Assonanz Brechgeräusche gemacht wie ein Dreizehnjähriger.

Ich hätte mich bestimmt auch anders verhalten, wenn ich Marit besser gekannt hätte. Aber ich kannte halt nur diesen Hau mit der Lyrik. Und ihr mit Argumenten zu kommen war ja immer nicht möglich, wegen ihrer absurden Toleranz. Deshalb die Brechgeräusche. Marit aber blieb ganz ruhig in der Mitte der Küche stehen, rührte mit dem Schneebesen in der Schüssel herum und fragte mich, ob ich es nicht sinnvoll fände, langsam mal erwachsen zu werden. Mein Verhalten sei so vorhersehbar, und mein Bruder habe gesagt – hier unterbrach sich Marit mitten im Satz. Allerdings war ich da eh schon gereizt.

Am Abend fand dann eine Party statt, auf der lauter Leute herumstanden, die alle so waren wie Marit und Volker. Breitschultrige Männer in Jeans und Camel-Boots und die Frauen alle so spießig sexy angezogen. Einzige Gesprächsthemen waren Urlaub, Studium und Nachwuchs. Ich habe mich betrunken, und als ich ausreichend betrunken war, und es wurde immer noch übers Kinderkriegen geredet, über die Frage, ob Tarantino Gewalt verherrlichen würde in seinen Filmen oder ob das eher kritisch gemeint sei, und wie schwierig das sei in dieser Gesellschaft, ob man die Kinder vor dem Fernsehen bewahren solle oder ob das nicht eher kontraproduktiv sei – und irgendjemand hat sogar gesagt, angesichts des Fernsehens würde er es sich noch überlegen, ob er überhaupt Kinder in die Welt setzt –, da habe ich dann angefangen, besoffen auf dem Boden herumzukriechen und Marit die Füße zu küssen. Ich habe ihr die Füße geküsst und die Knöchel und die Waden hinauf, die wirklich makellos sind, und dabei habe ich wieder die *Säule im Schamgehölze* deklamiert und gemerkt, wie es langsam still wurde um uns herum. Da musste dann keiner mehr über Gewalt in Hollywood-Filmen reden. Am Anfang hat Marit versucht, ein paar Scherze zu machen und kokett ihre Beine wegzuziehen, aber das hat nicht funktioniert. Marits Scherze sind ungefähr so exzentrisch wie 50er-Jahre-Tapeten, und ihre Beine habe ich einfach festgehalten.

Wie es schließlich zum Eklat kam, weiß ich nicht einmal mehr. Ich bin betrunken, glaube ich, auch nicht gerade rasend originell. Aber, wie gesagt, ich weiß es nicht mehr. Wahrscheinlich habe ich, als mir nichts mehr einfiel, noch ein paar persönliche Bemerkungen gemacht oder Marit unter den Rock gefasst oder die gleichen Witze wieder und wieder gerissen. Wenn es schon mal peinlich ist, kann ich immer gar nicht aufhören. Irgendwann hat mein Bruder mich dann rausgeprügelt, und das ja auch völlig zurecht.

Drei Wochen später hatte Marit ihre Fehlgeburt. Das lag natürlich nicht an mir. Aber es sei der Stress gewesen, sagte mein Bruder am Telefon, und ich habe gesagt: Ihr könnt ja gleich wieder eins machen. Weil ich genau wusste, dass sie das sowieso tun würden. Und ich hatte recht. Vier Wochen später war Marit schon wieder schwanger. Eine richtige Maschine.

Wenn es nicht unumgänglich gewesen wäre, hätten Volker und Marit mich sicher auch nicht mehr angerufen. Aber jetzt müssen wir uns halt arrangieren. Ich sage also, dass ich sehr müde bin, was nicht einmal gelogen ist, und Marit begleitet mich hinauf.

«Das wird einmal das Kinderzimmer», sagt Marit und weist mit der Hand in den Raum, als ob mir das Haus nicht bekannt sei.

«Das *ist* das Kinderzimmer», sage ich.

Sie lächelt, und mir scheint, aber da täusche ich mich vielleicht, als ob sie ihren Bauch noch extra weit herausschiebt, um den Raum damit auszufüllen.

«Nacht», sage ich.

«Gute Nacht», sagt Marit unverändert freundlich, und ich denke, das kann sie wirklich perfekt: verbergen, dass sie mich hasst. Aber dann denke ich, ob ich mich nicht vielleicht irre. Vielleicht bilde ich mir das alles nur ein? Ich kann so etwas immer ganz schwer beurteilen. Wenn Marit nicht ständig diesen Ausdruck im Gesicht hätte, dieses Leuchten von innen, würde ich sie vermutlich auch noch attraktiv finden. Nicht so attraktiv, wie mein Bruder sie findet, natürlich, der sich ja an sie quetscht, als gäb's kein Morgen mehr. Aber schon irgendwie attraktiv.

Mein Bett ist frisch bezogen, und an der Dachschräge sind seit dem letzten Mal ein paar Kinderzeichnungen von mir aufgehängt worden. Das Bett meines Bruders wurde beiseite geschafft, einige alte Möbel aus dem Wohnzimmer stehen jetzt an seiner Stelle, die gelbe Stehlampe, ein schäbiger Sessel, aber sonst ist alles beim alten. Auf dem Regal anderthalb Meter Karl May, von der Decke hängt ein verstaubtes Flugzeugmodell herunter, eine MiG-15, mit Plaka-Farben grau und rosa bemalt. Auf dem Nachttisch steht der riesige Radiowecker, den ich mir gekauft habe, als ich zwölf war. Damals gab es bei Karstadt noch die sogenannte Elektronik-Abteilung, da war das noch was Besonderes.

Als ich im Bett liege, kann ich im Flur die Stimmen von Marit und Volker hören. Wahrscheinlich diskutieren sie gerade die Frage, ob es eine gute Idee war, mir für morgen das Auto zu leihen. Man muss Vertrauen haben, sagt Marit bestimmt. Und mein Bruder nickt.

Ich lösche das Licht.

Als sich meine Augen an die Dunkelheit gewöhnt haben, entstehen im Fenster ein paar Sterne, und von unten ragen die Bäume in den Himmel. Genau so habe ich früher immer im Bett gelegen und konnte nicht einschlafen. Ich musste an meinen nächsten Schultag denken und an meine Freunde, an meine verständnislosen Eltern und an meinen geisteskranken Bruder. Ich hab dagelegen und hinausgeschaut und ihnen allen die Pest an den Hals gewünscht. Ich hatte keinen Vergleich, und ich dachte, die Enge meines Daseins würde niemals enden.

In der Luft schwebt noch ein leichter Essensgeruch. Ich öffne das Fenster, und ich schaue auf die Sterne, die im Fenster hängen und denselben Fluchtreflex auslösen wie früher. Zwei große helle, ein mittlerer und ziemlich viele kleine.

3

Ich kann nicht einschlafen. 01:17 Uhr. Die Digitalanzeige des Radioweckers leuchtet rot in der Dunkelheit, in der Mitte unterbrochen durch einen im Sekundentakt blinkenden Doppelpunkt. Früher habe ich immer gezählt, ob er wirklich sechzigmal blinkt, bevor die letzte Ziffer wechselt, und habe ein Orakel daraus gemacht. Man glaubt gar nicht, wie oft man sich dabei verzählt. Oder ich habe kleine mathematische Spiele gespielt und Rechenaufgaben aus der Stunden- und Minutenanzeige zusammengebastelt. Oder ich habe ein Geschichtsquiz gegen die Uhr veranstaltet, indem ich die vier Ziffern als Jahreszahl gedeutet habe. 01:17 Uhr: Größte Ausdehnung des Römischen Reiches unter Trajan. Jahrelang habe ich das gemacht. Ich glaube, ich war ein ziemlich bescheuertes Kind.

Als ich älter wurde, bekam der Radiowecker noch eine zusätzliche Dimension für mich. Das hing mit einem Mädchen aus der Parallelklasse zusammen. Sie war mir auf dem Mittelstufenschulhof aufgefallen, weil sie eines Tages hellblaue, ausgewaschene Jeans trug. Ich hatte sofort den Eindruck, sie schon öfter gesehen zu haben, obwohl ich mich nicht daran erinnern konnte. In den Pausen stand sie immer in einer Gruppe mit vier bis fünf anderen Mädchen zusammen, die ich vermutlich als Gruppe, aber nie als Einzelne wahrgenommen hatte. Oder sie hatte sich tatsächlich in kurzer Zeit sehr verändert und war erwachsen geworden, weshalb sie sich jetzt von ihren Freundinnen fast unheimlich unterschied. Oder sie war neu an der Schule, und ich verwechselte sie mit jemandem. Ich schlenderte einmal unauffällig über den Hof, um sie aus der Nähe zu sehen, aber als ich mit ihr auf gleicher Höhe war, wurde es mir peinlich, und ich musste mich umdrehen.

Nur zwei Mal in meinem Leben habe ich ein Gesicht gesehen, das meine Gehirnfunktionen auf der Stelle abschaltete. Das eine gehörte einer Frau, die ich in Berlin traf. Sie stieg in die U7 am Mehringdamm ein, setzte sich eine Reihe entfernt von mir hin und stieg am Hermannplatz wieder aus. Das andere gehörte dem Mädchen mit den hellblauen Jeans.

Auf dem Schulhof gab es drei Gruppen, denen man sich anschließen konnte, wenn man keine Karriere als Autist anstrebte: die Mathematiker mit den Pullundern, die imstande waren, in einer Pause vierzehnmal Rubik's Cube zu lösen. Die Fußballspieler. Und die Raucher, die sich um die Mädchen kümmerten.

Mein Schicksal war die Fußballabteilung, von Anfang an. Die Fluktuation zwischen den Gruppen war minimal. Man konnte von den Rauchern zu den Fußballern absteigen, von den Fußballern zu den Mathematikern, aber die umgekehrte Bewegung war meines Wissens nie jemandem gelungen.

Zu Beginn jeder großen Pause trafen wir uns bei den Müllcontainern, um die Mannschaften zu wählen. Irgendjemand brachte einen Tennisball mit, der aber meistens sofort unter den Hagebuttensträuchern verschwand. Als Nächstes kamen zusammengestauchte Coladosen, aber die waren kein Ersatz. Die wirklichen Schwächen unserer Gruppe traten zutage, wenn wir nicht Fußball spielten. Wenn die Tennisbälle verbraucht und die Coladosen demoliert waren, standen wir da wie die Besatzung von Raumschiff Enterprise, wenn der Warp-Antrieb kaputt ist, zeigten mit dem Finger in der Gegend herum und erzählten Türkenwitze. Es war nicht sehr aufregend.

Einige Wochen lang hielt ich unauffällig Ausschau nach

dem Mädchen mit den hellblauen Jeans. Mir fiel auf, dass ich nicht der Einzige war. Sie übte eine große Gravitation auf alle Umstehenden aus. Sogar die Oberstufenschüler, die schon Autoschlüssel schlenkernd durchs Gelände trotteten, machten bei ihrem Anblick dieses fassungslose Gesicht, das junge Männer bei der Gelegenheit immer machen.

Wenn ich selbst ihr über den Weg lief, dachte ich an Schachaufgaben oder Dosensuppe, um unbefangener zu wirken. Aber ich versuchte nicht, ihr absichtlich zu begegnen. Die Rituale, mit denen die Mädchen und Jungen in unserer Klasse seit langem miteinander kommunizierten, die Sticheleien, das Briefeschreiben, das Gekicher, waren mir so fremd wie die Beziehungen, die sich daraus entwickelten und für die es feststehende Redewendungen gab. A geht jetzt mit B. Oder C hat mit D Schluss gemacht. Ich fand dieses Verhalten uninteressant und lächerlich.

Ich war liberal erzogen worden, man hatte mir beigebracht, meine Mitmenschen nicht nach Hautfarbe, Kleidung oder Religion zu beurteilen, Hässliche und Behinderte nicht auszulachen, jeden nach seinem Charakter zu schätzen und tolerant zu sein. Ich hatte diese Vorurteile über die Gleichheit der Menschen einfach so in mich aufgenommen. Ich verachtete alles Oberflächliche. Es dauerte eine Ewigkeit, bis ich mir eingestehen konnte, dass ich ein Interesse entwickelt hatte für eine Person, von der ich bestenfalls wusste, wie sie aussah. Und es dauerte noch einmal so lang, bis ich herausfand, dass ihr Charakter, wäre er auch schäbig gewesen, nichts an meiner Begeisterung hätte ändern können.

Ich begann mir selbst im Weg zu sein. Auf einmal wusste ich nicht mehr, wohin mit meinen Händen. Wenn ich an Schaufensterscheiben vorbeilief, beobachtete ich verstohlen meine Bewegungen, die hölzern und unnatürlich waren. Einmal vorm Karstadt wurde die geistige Lähmung so groß, dass ich einknickte. Die Knie versagten mir wie im Traum.

Ich tat, als müsse ich mir die Schuhe binden, blieb ein wenig hocken und stand dann ganz vorsichtig wieder auf.

Vor unserem Badezimmerspiegel stehend, untersuchte ich mit einem Lineal die Abmessungen meines Gesichts, verglich sie mit dem Dürer'schen Proportionsschema und kam zu erschreckenden Ergebnissen. Ich sah aus wie ein Affe. Danach beunruhigte mich nur noch der Gedanke, dass mir das jahrelang nicht aufgefallen war.

Irgendwann zu dieser Zeit bekam ich Neurodermitis. Meine Mutter schleifte mich von einem Arzt zum nächsten, ohne dass es etwas half. Mein Vater behauptete, es liege an meinem mangelnden Willen, ich solle einfach nicht kratzen. Der letzte Arzt sah sich meine Haut gar nicht erst an, fragte meine Mutter unwirsch, ob ich ihr leibliches Kind wäre, und schickte mich dann vor die Tür. Durch die Sprechzimmertür hörte ich die polternde Stimme des Arztes. Nach etwa einer Viertelstunde kam meine Mutter aus dem Sprechzimmer, rote Flecken im Gesicht. Danach gingen wir nicht mehr zum Arzt.

Nachts lag ich zerkratzt im Bett, schaute beunruhigt zu den Sternen hinaus und dachte an das Mädchen mit den hellblauen Jeans, ihre schräg in den Kopf gestellten Augen, ihre angenehm schleppenden Bewegungen, daran, dass ich ja genaugenommen nichts über sie wusste. Ich fand es lächerlich, ständig an jemanden zu denken, von dem man nichts wusste, konnte es aber nicht abstellen.

In meinen Träumen rettete ich sie vor muskulösen Angreifern, auf die ich zusprang wie Kwai Chang Caine und die mir zum Dank ein Messer zwischen die Rippen hauten. Mein Blut spritzte, ich hörte die Sirene des Krankenwagens näher kommen. Das Mädchen mit den hellblauen Jeans brachte mich in die stabile Seitenlage. Sie legte ihren Norwegerpullover auf meinen vor Kälte zitternden Körper (ich kämpfte traditionell mit nacktem Oberkörper). Ich sah Tränen in ihren Augen, doch es war zu spät. Ich hatte zu viel Blut verloren.

«Vergiss ... mich ...», hauchte ich mit letzter Kraft.

Ich wusste nicht, was ich hätte sagen sollen, wenn ich am Ende einmal nicht gestorben wäre. Eine Frage tauchte auf in meinem Leben, über die ich zuvor nie nachgedacht hatte: Worüber unterhält man sich mit einem vierzehnjährigen Mädchen?

In meiner Clique gab es nur zwei Mädchen, und ich hatte mich nie mit ihnen allein beschäftigen müssen. Außerdem kannte ich sie von Kindheit auf, und sie waren im Grunde geschlechtslos. Wenn wir nachmittags zusammenkamen, standen wir herum und rauchten, redeten über Leute, die wir doof fanden und warum wir sie doof fanden, oder ahmten Passanten nach. Das war keine richtige Unterhaltung, aber alles andere war neuerdings verpönt. Besonders Malte Lipschitz fand sich nun auf einmal *zu alt* dafür, um wie früher auf den Bolzplatz zu gehen oder irgendwelche Spiele zu spielen.

Malte Lipschitz war nur ein Jahr älter als ich, spielte aber in einer ganz anderen Liga. Wir kannten uns seit dem Kindergarten, und dass wir überhaupt Freunde geworden waren, fand ich immer ein wenig überraschend. Ich kopierte von Anfang an seine Kleidung, seinen Haarschnitt und seine Späße, so gut es eben ging.

Es war die Freundschaft zwischen Theorie und Praxis. Malte überlegte, wie er dem Hausarrest entgehen konnte, und ich schrieb seine Aufsätze. Ich überlegte, warum die Welt ungerecht war, und er verprügelte Ulf Kramnik für mich. Ich entwarf großartige Pläne, wie man Kaugummiautomaten problemlos knacken konnte, und Malte fand am Objekt heraus, warum sie nicht funktionierten. Am Ende stahl er aus dem Werkzeugkeller meines Vaters einen Hammer und zeigte mir, wie man sich seiner Meinung nach Kaugummiautomaten zu nähern hatte. Da waren wir acht oder neun.

Im Sommer bauten wir in der Feldmark Höhlen in die Knicks, die wir mit Heu auspolsterten und mit allerlei Trophäen, Vogelfedern, Sammelbildern und Autobatterien. Ich erinnere mich noch genau an einen unglaublich heißen Sommer, wo Malte Lipschitz und ich jeden Tag im Heu lagen und Kaugummi kauten, bis uns die Zähne wehtaten. Am Ende bewarfen wir die Krähen, die in großen Scharen den Acker absuchten, mit Kaugummikugeln. Sie ließen sich nicht vertreiben und kehrten, kaum dass sie aufgeflogen waren, immer wieder zurück. Eine graue Wolke, die sich hob und senkte. Einen Nachmittag lang, einen Abend. Schließlich war der ganze Acker mit kleinen bunten Punkten übersät. Wir hatten ziemlich viele Automaten geknackt. Noch Jahre später fand man dort am Feldrand immer wieder einige zerdetschte Kugeln, die ihre Farbe fast alle ganz verloren hatten bis auf die blauen. Ich glaube, das war die glücklichste Zeit in meinem Leben.

Irgendwann hörte das ziemlich plötzlich auf. Schwer zu sagen, warum, aber es war zu der Zeit, als ich das Mädchen mit den hellblauen Jeans kennenlernte, während Malte seine ganze Leidenschaft daransetzte, sich ein Mofa zu kaufen. Dafür war er zwei Jahre lang zum Konfirmandenunterricht gegangen, weil er die Geldgeschenke brauchte. Mit dem Mofa fuhr er nur noch in der Gegend herum, und ohne ihren Mittelpunkt begann unsere Clique, sich aufzulösen. Malte lernte neue Freunde kennen, die alle ein Mofa hatten, und er hatte auch gelegentlich Mädchen, mit denen er irgendwie rummachte. Aber etwas Vergleichbares wie meine Liebe war es nicht. Er wurde nicht leidend und hautkrank davon, und ich versuchte gar nicht erst, seinen Rat einzuholen.

Wenn er mich besuchte, hockten wir vor dem Hauseingang, starrten auf seine Hercules Prima 4N, an der das erhitzte Metall knisterte, und dann zeigte er mir die neuen Teile an seiner Maschine, die er immer Verschärfungen nannte. «Ich werd das Ding jetzt noch mit'm Z-Lenker verschärfen», war so ein typischer Satz von ihm. Etwas anderes gab es nicht mehr. Wir gingen nicht mehr in die Feldmark, wir unternahmen keine nächtlichen Ausflüge mehr, und Malte badete auch nicht mehr in unserem Swimmingpool. Angeblich hatte er seine Badehose verloren. Es war ein merkwürdiger Sommer.

Dass sein Vater aus dem Polizeidienst entlassen worden war und wenig später einen Schlaganfall erlitten hatte, wusste ich nur vom Hörensagen. Malte redete nicht darüber. Er hatte die Schule gewechselt und war mit seiner Familie viermal umgezogen im letzten Jahr. Seine jeweils letzte Adresse war immer irgendwie geheim. Ich glaube, er genierte sich, weil die Wohnungen immer kleiner wurden. Die Abstände zwischen seinen Besuchen wurden länger.

Es war ein Abend im Juli, kurz vor den großen Ferien, als ich Malte zum letzten Mal sah. Ich war gerade dabei, mich mit Kortison-Salbe einzureiben, als ich das Geknatter des Zweitakters unter meinem Fenster hörte. Wir setzten uns auf die Steintreppe vor dem Hauseingang wie gewöhnlich und versuchten uns zu unterhalten. Aber etwas funktionierte nicht an diesem Tag. Ich fragte nach dem Z-Lenker, und Malte schwieg. Von der Baustelle zwei Straßen weiter hörte man das Geräusch eines Krans, der beim Anfahren immer plonkte, und in den Pausen dazwischen schien die Zeit angehalten zu sein. Maltes und meine Schulter berührten sich fast, und ich hatte das unbestimmte Gefühl, als ob ich meinen Arm um ihn legen müsste, aber ich wusste nicht, wie. Früher wäre das kein Problem gewesen. Aber zuletzt war in unserer Clique immer öfter das Wort *schwul* aufgetaucht. Natürlich nur als Schimpfwort. Aber jeder wusste, was es bedeutete, und jemanden zu berühren war seitdem irgendwie noch schwieriger geworden.

«Schwul, schmul», sagte Malte immer. Das war so eine Angewohnheit von ihm.

Als es dunkel wurde, stieg er auf sein Mofa.
«Nach Hause?», sagte ich.
«Nein», sagte er. «Ich zeig dir mal was.»
Ich durfte auf dem Gepäckträger Platz nehmen, zum ersten Mal. Nach wenigen Minuten hatten wir die Stadtgrenze erreicht. Auf einem abgelegenen Feldweg holte Malte das Werkzeug aus der Satteltasche und fing an, am Vergaser mit viel Übung ein Teil auszubauen, das die Geschwindigkeit drosselte.

Dann rasten wir über einsame Landstraßen und unbeleuchtete Feldwege. Ich hielt mich am Sattel fest und starrte an Malte vorbei in den Himmel, und je müder ich wurde, desto mehr lehnte ich mich an seine Schulter. Auf einmal war dieses wortlose Vertrauen wieder da, das uns jahrelang verbunden hatte – und ich weiß noch genau, was ich dachte, in diesem Moment, auf dem Mofa, irgendwo bei Quickborn, ich dachte nämlich: Jetzt wird alles wieder gut.

Wir hielten an, um Junikäfer zu fangen, erzielten einen neuen Geschwindigkeitsrekord vom Styhagener Müllberg hinunter und fuhren ein paar Mal aus Jux ins Unterholz, weil Malte schrie: «Die Bullen! Bullenalarm!»

Im Lichtschein einer Straßenlaterne schließlich bauten wir das Teil in den Vergaser wieder ein. Malte schien keine Lust zu haben, nach Hause zu fahren. Er stützte sich auf den Sattel, sodass seine Schultern hervorstachen, und rührte sich nicht. Dann trat er auf einmal gegen das Mofa. Das Mofa rutschte in den Graben, es gab ein gurgelndes Geräusch, und ich sagte: «Hoffentlich kommt da kein Wasser in den Tank.» Mühsam zog ich das Mofa am Lenker wieder aus dem Graben, während Malte fluchend herumlief und sich eine Zigarette anzündete. Dann fuhr er mich heim.

«Bis bald», sagte er zum Abschied.

«Na klar», antwortete ich.

Ich wollte mir nicht anmerken lassen, wie sehr es mich gefreut hätte, wenn er am nächsten Tag wiedergekommen wäre. Oder wenn er noch etwas dageblieben wäre und wir uns ins Kornfeld gelegt hätten, so wie früher, um auf Ufos zu warten. Oder uns vorzustellen, wir wären die letzten Überlebenden einer großen Atomkatastrophe, die einzigen Menschen auf der Erde.

Es war ein unmerklicher Riss, der senkrecht durch alle unsere Gewohnheiten gelaufen war und sich nun verbreiterte, ohne dass man hätte sagen können, wo sein Ursprung lag. Ich verbrachte immer mehr Zeit allein und war froh, als endlich die Sommerferien begannen und wir nach Griechenland in den Urlaub fuhren. Die zehnte Klasse hatte ich gerade noch geschafft, und alles andere war jetzt erst einmal egal. Sogar mein Hautausschlag ließ nach, woraufhin mein Vater mich beiseite nahm und mir erklärte, dass der Ausschlag nämlich psychisch sei und von dem Leistungsdruck in der Schule herkomme.

Es war der erste Urlaub, in dem es mir peinlich war, mit meinen Eltern gesehen zu werden. Am Strand von Parga und in den Trümmern von Mykene galt meine ganze Aufmerksamkeit der Verschleierung der Tatsache, dass ich mit dieser Familie mit der Super-8-Kamera da irgendwie verwandt war.

Ich hatte mich mit einem ausreichend großen Lesevorrat versehen, und wenn es an den Strand ging, konnte ich mich von meinen Eltern und meinem Bruder, der sich um die Pubertät zu drücken versuchte, absondern mit der Begründung, ich bräuchte meine Ruhe. Meistens las ich jedoch gar nicht wirklich, sondern schaute heimlich die Dünen hinauf, wo ein braungebranntes griechisches Mädchen Strandartikel verkaufte. Jeden Tag ein anderes Mädchen, aber sie sahen alle gleich aus. Eine trug sogar hellblaue Jeans.

Während ich so dalag und nachdachte, nahm ich mir vor, bei unserer Rückkehr nach Hamburg ein anderer Mensch zu werden. Ein anderer Mensch werden, das hatte ich in einem Roman von Halldór Laxness gelesen. Da war jemand, nachdem er lange verschollen und dann in seine Heimat zurückgekehrt war, *ein anderer Mensch* geworden. Niemand hatte ihn wiedererkannt. Wie diese Transformation zustande gekommen war, hatte der Autor leider vergessen mitzuteilen, aber da ich mir unter *ein anderer Mensch werden* sowieso nichts vorstellen konnte, hielt ich es auch nicht für ein Ding der Unmöglichkeit.

Nach den Sommerferien versammelten sich alle Elftklässler in der Aula und wurden vom Rektor mit einer sinnlosen Ansprache begrüßt. Ich kam wenige Reihen hinter dem Mädchen mit den hellblauen Jeans zu sitzen, und erst da, und tatsächlich keinen Moment früher, wurde mir klar, was das eigentlich bedeutete: die reformierte Oberstufe. Der Rektor erklärte die Modalitäten der Kurswahl, fünf oder sechs Wahlfächer standen noch offen. Ich hörte gar nicht hin. Ich starrte auf das Mädchen mit den hellblauen Jeans, auf ihren schlanken Nacken, und hob die Hand, wenn sie die Hand hob. Es brauchte eine Weile, bis mir zu Bewusstsein kam, dass die Fächer, mit denen ich drei Jahre später mein Abitur verhauen würde, Kunst, Französisch und Latein waren.

Dafür hörte ich noch am selben Tag zum ersten Mal die leise, raue Stimme des Mädchens im Unterricht. Ich hörte zum ersten Mal ihren Namen, der überhaupt nicht zu ihr passte und ihre äußere Erscheinung verdeckte wie das Kleid einer Übergewichtigen ein Kind, das da aus Spaß hineingeschlüpft ist. Anja Gabler.

Es dauerte seine Zeit, bis ich mich mit dem Namen anfreunden konnte, Gefallen daran fand und schließlich merkte, dass man sich einen schöneren Namen als Anja Gabler vielleicht gar nicht vorstellen konnte. Anja Gabler, Anja Gabler, Anja Gabler. Ich sprach es die ganze Zeit vor mich hin.

Zum ersten Mal in meinem Leben ging ich gern zur Schule. Wochenenden waren kleine Katastrophen, Ferien große Katastrophen. In Kunst und Französisch, zwei Fächern, in denen ich auf die 0-Punkte-Grenze zusteuerte, aber insbesondere in Chemie, wo sie nicht weit von mir an einem Tisch saß, fühlte ich mich wie im Film. Ihre Freundlichkeit überraschte mich. Wenn sie mich morgens auf dem Gang grüßte, weil sie in mir jetzt einen ihrer Mitschüler erkannte, sah sie mich so verbindlich an, als wäre ihr mein desperates Heldentum noch gar nicht aufgefallen.

Zwischen den Stunden unternahm ich kleine unnötige Gänge durchs Schulgebäude, zum Vertretungsplan oder zur Toilette, um Begegnungen mit ihr zu provozieren. Mit der Zeit legte ich mir einen geheimen Stundenplan an, auf dem ich Anjas mutmaßliche Wahl-, Pflicht- und Leistungskurse und die Räume, in denen sie stattfanden, eintrug, damit ich zu jeder Zeit wusste, wo sie war und was sie machte.

Ich war so sehr mit dem Aufrechterhalten dieser Tagesordnung hinter der eigentlichen Tagesordnung beschäftigt, dass ich auf das, was dann eines Tages geschah, nicht vorbereitet war. Es geschah Folgendes: Während wir vor der verschlossenen Tür des Chemie-Raums warteten, sprach Anja mich an. Ohne erkennbaren Grund und ohne Eile löste sie sich aus der Gruppe ihrer Freundinnen und fragte, ob ich wisse, wie das mit der Verseifung von Estern sei. Das wusste ich allerdings. Aber ich war zu elektrisiert von dem Umstand, dass sie mich einfach anredete. Es schien mir nicht angebracht, von meinem Lehrbuchwissen ihr gegenüber einen unbescheidenen Gebrauch zu machen, während sie so gut wie ich wusste, dass die wirklich wichtigen Fragen des Lebens, über die ich mich ja auch gern unterhalten hätte, ganz anderer Natur waren. Abgesehen davon, dass ich sie noch nie aus solcher Nähe gesehen hatte: ihr Haar, ihre Augen und die sich auf sonderbare Weise um ihren Hals und die Schlüsselbeinknochen schmiegenden Fasern ihres Norwegerpullovers, und beunruhigende Gedanken tauchten in meinem Hirn auf, die mich fürchten ließen, es könne gleich ein Unglück geschehen – cool bleiben, Caine, cool bleiben –, und unter Zuhilfenahme weitläufiger Satzkonstruktionen und vieler Entschuldigungen deutete ich an, dass Hydrolyse unter Beteiligung von ... und folglich ...

«Danke», sagte Anja, tat, als habe sie nichts bemerkt, und unterhielt sich wieder mit ihren Freundinnen. Die nächsten Jahre sprach sie mich nicht mehr an.

Immer, wenn ich an diese Begegnung zurückdachte, zuckte ich innerlich zusammen, saugte meine Lippen ein und strampelte vor Schmerz mit den Beinen. Warum hatte sie das gefragt? Warum hatte sie *mich* das gefragt? Was war die Absicht dahinter?

Unaufhörlich kreisten meine Gedanken um die Frage, womit Anja sich in dem geheimnisvollen Zeitraum von Schulschluss bis zum nächsten Morgen die Zeit vertrieb. Ich hatte keine Vorstellung davon, was Mädchen in meinem Alter so machten. Mir war lediglich klar, dass das Leben, das das aufregendste aller Wesen führte, mit meinem Leben, das so unendlich langweilig war, keine Berührungspunkte haben konnte.

Wenn Anja mit ihrer Clique in den Unterrichtspausen zusammenstand, meinte ich manchmal mitzubekommen, wie sie sich für den Abend verabredeten, und fühlte mich wie mit Beton ausgespritzt. Es war mir ganz unmöglich, diesem exklusiven Kreis beizutreten, der, ohne dass ich es bemerkt hatte, auf einmal wusste, wie man sich kleidet, welche Musik man hört und wo man abends hingeht. Während ich bedruckte T-Shirts trug und Mondlandefahrzeuge aus *fischer technik* baute.

Dazu kam ein merkwürdiger Wandel der Sprachgewohnheiten. Eine Form von Ironie, die ich weder zu erklären noch nachzuahmen imstande war. Einmal bekam ich mit, wie Jörg Simoneit sich vor Anja Gabler über die Kinderzimmerdekoration eines Mitschülers ausließ und sie Stück für Stück auseinandernahm. Selbst getöpfertes Teeservice, schief an die Wand gehängte Poster, Reise-Souvenirs aus Plastik. Anja bog sich vor Lachen.

Ich hatte nie darüber nachgedacht, dass eine Einrichtung etwas zu bedeuten habe, und mich überraschte der Witz seiner Bemerkungen. Noch am selben Abend hatte ich einen unerfreulichen Disput mit meiner Mutter, die nicht einsehen wollte, warum meine Stehlampe mit den Mowgli-Aufklebern auf einmal sofort gegen Deckenstrahler oder so etwas ausgetauscht werden musste.

«Ich weiß nicht, was du hast. Die gibt doch ein gutes Licht», sagte meine Mutter und schaltete zum Beweis die Lampe ein und aus.

Tränenüberströmt vergrub ich mich in meine Bettdecke, über die kleine grüne Häschen hoppelten.

Es deprimierte mich zusätzlich, zu wissen, dass Simoneit im Grunde dumm war. Denn was half mir das. Ich war einfach nicht interessant genug. Ich war kein richtiger Mensch. Ich war randvoll von Dingen, die ich sagen wollte, aber ich war unfähig, sie so zu sagen, dass sie einer verstanden hätte.

Wenn mir zufällig einmal ein Gedanke kam, den ich für aufregend genug hielt, ihn bei einer möglichen Begegnung mit Anja ins Gespräch einfließen zu lassen, notierte ich ihn auf einem kleinen Zettel, den ich zuunterst in meiner Schreibtischschublade aufbewahrte. Die ersten Einträge auf dem mit *A.G.* verschnörkelt überschriebenen Blatt lauteten:

1) *Auf die Bäume aufmerksam machen, die oft so etwas Melancholisches haben*
2) *Simoneit ist ein Idiot (Begründung)*
3) *Verbergen sich manche Menschen hinter einer Maske*
4) *Diskutieren, warum die Einsamkeit einer oberflächlichen Freundschaft vorzuziehen ist*

Eines Tages hörte ich, wie Anja sich während des Französisch-Unterrichts mit ihrer Freundin Kerstin darüber unterhielt, dass sie am Wochenende wieder geritten sei. Ab sofort wurden *Pferde* und *Reiten* zwei zentrale Grundbegriffe meines Denkens.

Ich spürte ein schmerzliches Defizit, was die Kenntnis unserer vierbeinigen Freunde betraf, und wunderte mich, dass ich mich nicht schon früher für diese herrlichen Geschöpfe interessiert hatte. Noch in derselben Woche kaufte ich mir ein Buch über Pferde. Zu Hause hielt ich das Buch sorgfältig vor meiner Familie verborgen und las es dann vom ersten bis zum letzten Wort. Es enthielt nützliche Informationen übers Reiten, die Kleidung, den Sattel, das Zaumzeug, Aufzucht und Pflege. Und natürlich die Pferderassen. Hauptsächlich aber bestand es aus Abbildungen von Pferden in allen Lebenslagen. Sogar das Bild eines prähistorischen Urpferdes vor einer merkwürdigen Gummibaumlandschaft war dabei.

Dass der Inhalt des Buches sich erkennbar an die Zielgruppe kleinere Mädchen richtete, war für mich keine Erschwernis. Im Gegenteil, ich hatte das Gefühl, bei jedem Satz, den ich las, einen tiefen Blick in die Vergangenheit des von mir geliebten Wesens zu tun. Aus all den Spezialausdrücken des Reitwesens leuchtete eine mir unbekannte geheime Welt hervor, die mir reicher schien als alles andere, worüber ich je gelesen hatte, und tiefer als Nietzsche, den ich gerade entdeckte, und ich lernte alle diese Worte auswendig, von denen ich annahm, dass sie im Leben und Denken Anja Gablers eine gewisse Rolle spielten.

In meinen Vorstellungen tauchte von nun an immer ein Bild auf, wie ich im Wald spazieren ging, Anja hoch zu Ross begegnete und fachkundige Bemerkungen machte. Ah, ein Hannoveraner, ein Warmblut, nicht wahr? Herrlich, diese schlanken Fesseln. Die Folge war, dass ich viel spazieren ging. In einem nahegelegenen Wald gab es einige Reitwege, und immer, wenn ich in der Entfernung zwischen den Bäumen ein Pferd auftauchen sah, vermutete ich sogleich Anja zu begegnen und konnte vor Anspannung kaum weiterlaufen.

Eines Tages traf ich einen Mann, der sein Pferd am Zügel neben sich herführte. Er grüßte und begann sofort ein Gespräch. Er erzählte, wie ausgezeichnet das Gelände hier sei, wunderte sich, dass ich noch nie auf einem Pferd gesessen hatte, obwohl ich mich doch so gut auszukennen schien, und fragte mich dann über meine Person aus. Ob ich hier in der Nähe wohne. Was ich denn so mache. Warum ich keine Freunde hätte. Er fragte mich allen Ernstes, warum ich keine Freunde hätte.

«Das können Sie nicht wissen», antwortete ich tapfer, aber er ignorierte es einfach. Er bot an, mich einmal auf dem Pferd reiten zu lassen. Ohne dass ich es wollte, wurde ich in den Sattel gehievt. Der Mann führte mich auf eine abgelegene Weide und longierte mich im Kreis herum, und dabei starrte er mich die ganze Zeit mit einem Blick an, wie ich ihn noch nie an einem Erwachsenen wahrgenommen hatte. Es war mir unsagbar peinlich. Ich hoffte nur, es würde niemand vorbeikommen und mich sehen. Genauso gut hätte ich mit einem Schild *Ich liebe Anja Gabler* um den Hals herumlaufen können.

Als ich nach Hause wollte, stellte der Mann sich so hin, dass ich beim Absteigen unweigerlich in seinen Armen landete. Ich musste mich losreißen. Danach ging ich vier Wochen lang nicht mehr in den Wald.

Es tat mir körperlich weh, nicht an Anjas Leben teilhaben zu können. Der Schmerz wurde erträglich nur durch die Tatsache, ihr fast täglich in der Schule zu begegnen. Mit Grauen dachte ich daran, dass diese Gunst befristet war. Ich war der einzige Schüler, der das Abitur am liebsten immer vor sich gehabt hätte.

Meine Hefte malte ich voll mit geheimen Zeichen, von denen ich annahm, dass niemand sie deuten könnte. An manchen Nachmittagen bastelte ich stundenlang Anagramme aus den Buchstaben ihres Namens. Die Anfangsbuchstaben A und G übersetzte ich mir in der Reihenfolge des Alphabets mit 1 und 7, weshalb 17 zu meiner Glückszahl wurde. Ich hielt es für ein gutes Omen, wenn ich im Verlauf des Tages zufällig um 17:17 Uhr auf meinen Radiowecker schaute. Später verfeinerte ich das Orakel noch, indem ich versuchte, um 17:17 Uhr und 17 Sekunden auf die Uhr zu schauen, wozu man zur fraglichen Zeit auf die Uhr sehen, hinstürzen und auf Sekundenanzeige umschalten musste.

Eines Tages gelang es mir tatsächlich, das glückbringende Zeichen zu erzielen, und ich schwöre, dass ich mir das nicht ausgedacht habe: Es war der Tag der Abiturfeier. Unsere letzte Begegnung.

Am frühen Abend unternahm ich einen langen Spaziergang durch den Styhagen. Das ganze Gelände, die Reitwege, der Wald, jeder einzelne Baum war aufgeladen mit unerträglicher Bedeutung. Ich verfiel in eine Art Trance und erreichte gegen acht Uhr die Schule. Dort saß ich mit Anja und vier weiteren Mitschülern an einem Tisch, weil man uns den Nachnamen nach alphabetisch geordnet hatte. Es war das erste Mal, dass ich mit Anja an einem Tisch saß, und ich konnte nicht begreifen, wie ich die letzten dreieinhalb Jahre so leichtfertig hatte verstreichen lassen können. Der Rektor rief die Buchstaben A und B auf und überreichte mit Händedruck und ernstem Lächeln die Zeugnisse. Noch fünf Buchstaben, dachte ich. Ich versuchte mir einzureden, dass jetzt der geeignete Zeitpunkt gekommen sei. Ich hoffte, dass die Endgültigkeit des Termins mir Worte eingeben würde, aber meine Gedanken verwirrten sich immer mehr. Gerührt schaute ich auf Anjas Pullover neben mir, in dessen Muster geheime Botschaften an mich eingewoben waren.

«Mann, bist du cool», sagte Anja und drehte sich um. «Dich interessiert das alles wohl gar nicht?»

«Na ja», sagte ich (ein Anagramm), machte mein David-Carradine-Gesicht und dachte angestrengt an den Zettel, der zuunterst in meiner Schreibtischschublade lag. Jetzt eine geistreiche Bemerkung.

«Und was machst du danach?», fragte Anja.

Ich verstand die Frage nicht.

«Ich meine, was machst du nach der Schule?»

Nach der Schule? Nach welcher Schule?

«Zivildienst», brachte ich hervor, froh, dass es mir noch eingefallen war. Mehr konnte ich dazu nicht sagen, obwohl Anja mich aufmunternd anblickte. Ich konnte mir nicht vorstellen, dass meine Zukunft sie interessierte. Die interessierte ja nicht einmal mich selbst. Das Einzige, was mich in den letzten dreieinhalb Jahren überhaupt beschäftigt hatte, saß einen halben Meter neben mir und war unerreichbar.

Anja erzählte, dass sie Kunstgeschichte studieren wolle, wahrscheinlich in München, der Stadt ihrer Träume, aber ganz sicher sei es noch nicht – und plötzlich hatte ich einen Geistesblitz.

«Reitest du eigentlich noch?»

Ungefähr sieben Sekunden lang sah Anja mich an.

«Was meinst du damit?», fragte sie.

Sie war keineswegs beleidigt, aber sie lächelte auch nicht gerade. Das Wort Reiten schien für sie nicht nur nicht die gleiche ungeheure Bedeutung zu haben wie für mich, sondern überhaupt keine. Offenbar hielt sie die Frage für einen meiner üblichen Gedankensprünge.

«Du bist doch früher mal geritten?», versuchte ich es noch einmal und fügte, als ich ihre zweifelnde Miene sah, noch ein «Oder?» hinzu.

«Nein», sagte sie und lachte.

Dann wurde das G aufgerufen, und sie verschwand. Später wurden Tische und Stühle beiseitegeräumt, und die eigentliche Feier begann, während die meisten Eltern und Lehrer sich verabschiedeten.

Anja tanzte zu Hubert Kah und Fehlfarben und war umlagert von den Jungen ihrer Clique, die alle mit Schlips und Anzug erschienen waren. Ich trug eine kaputte Cordhose und mein Lieblings-T-Shirt mit der Aufschrift: BAHAMAS. Ich lief ein bisschen sinnlos herum, hockte mich dann unter die Theke und betrank mich. Ein oder zwei Stunden vergingen. Ich überlegte, ob ich nicht einfach nach Hause gehen sollte. Ich würde Anja nie wiedersehen. Das Tragisch-Endgültige dieser Vorstellung richtete mich wieder etwas auf.

Als Foxtrott oder Walzer gespielt wurde, kam Anja vorbei, um sich Wein nachzuschenken. Sie stieß mit dem Fuß an mein ausgestrecktes Bein und beugte sich mit zusammengekniffenen Augen zu mir hinunter. Wahrscheinlich hatte sie mich in der Dunkelheit gar nicht erkannt. Für einen Moment waren sich unsere beiden Gesichter ganz nah.

«Vergiss ... mich ... », hauchte ich unhörbar.

«Was?», sagte sie.

«Ich habe nichts gesagt», sagte ich und kratzte mich mit der Bierflasche am Kopf. «Nichts Welterschütterndes, meine ich.»

«Das hatte ich auch nicht erwartet», erwiderte sie.

Ich schwankte hinaus auf den Mittelstufenschulhof, warf die Bierflasche in hohem Bogen weg und wartete vergeblich auf ein Aufschlaggeräusch. Ich suchte den Polarstern am Himmel, konnte ihn aber nicht finden, und fiel rückwärts in die Hagebuttensträucher. Unter meinem Rücken spürte ich einen harten, runden Gegenstand. Ich dachte, das ist ein Tennisball, und wie schön es wäre, wenn ich jetzt ein paar von den Tennisbällen wiederfinden könnte, die wir hier im Laufe der Jahre druntergeschossen hatten, aber es war nur ein Stein.

Die nächsten Monate war ich abwechselnd apathisch und von Panikattacken heimgesucht. Die Passfotos, die ich für meinen Zivildienst machen musste, sahen aus, als hätte Salvator Rosa eine Allegorie der Lebensmüdigkeit gemalt. Meine sozialen Kontakte brachen vollständig zusammen. Die Zeit heilt alle Wunden, dachte ich. Aber das war natürlich Quatsch.

4

Irgendwann muss ich eingeschlafen sein. Ich erwache, weil nebenan im Badezimmer geduscht wird. Draußen ist es noch fast dunkel, und ich muss erst einmal überlegen, wo ich hier bin, bis ich den Radiowecker sehe. Ich stehe auf und gehe zum Fenster. Im Osten läuft ein schmales Grün über den Horizont. Meine Fußsohlen werden kalt, aber ich bleibe stehen und starre auf den grünen Faden. Er wächst langsam in die Höhe, während die Landschaft sich verändert, wie wenn beim Fernseher jemand die Farbstärke hochregelt.

Aus dem Bad kommt ein metallisches Geräusch, vermutlich ist die Seife in die Duschwanne gefallen. Kurz danach hört das Rauschen des Wassers auf. Ich höre von unten die Stimme meines Bruders etwas Unverständliches rufen, und dann höre ich Marit mit ihrer unmöglichen Stimme schreien: «Fünf Minuten, nur fünf Minuten!»

Ich lege mich wieder ins Bett, winkle die Beine an und drücke die Fußsohlen gegeneinander. Ich ziehe die Decke bis unter die Nase, schaue auf das Fußende und sehe aus wie Donald Duck. Nehme ich jedenfalls an, dass ich so aussehe. Der Radiowecker. Ich wollte ja die Sache mit dem Radiowecker erzählen.

Zwei Jahre nach dem Abitur lud mich Jörg Simoneit, mein ehemaliger Klassenkamerad, auf seine Geburtstagsparty ein. Ich weiß nicht mehr, warum. Vielleicht hatte er sogar den ganzen Jahrgang noch einmal eingeladen. Mit den üblichen Gepflogenheiten unvertraut, erschien ich zur angegebenen Zeit und war für zwei Stunden der einzige Gast. Das war

Zeit genug, festzustellen, dass wir uns nichts zu sagen hatten. Jörg war noch genauso, wie ich ihn aus der Oberstufe in Erinnerung hatte, redete die gleichen Dinge und machte die gleichen Witze. Es dauerte eine Weile, bis ich begriff, wie sehr ich mich in seinen Augen verändert hatte. Ich hatte die letzten Jahre in fast vollständiger Isolation verbracht, eine komplette Videothek in mich hineingefressen und mir einige interessante Phobien zugelegt. Jetzt trank ich schnell und viel Bier. Als gegen zehn die nächsten Gäste erschienen, war ich bereits schwer betrunken.

So bekam ich auch nicht gleich mit, wie Anja Gabler die Küche betrat und sich zwei Stühle entfernt von mir setzte. Es war meine erste Begegnung mit ihr seit dem Abitur, seit über zwei Jahren, und ich ignorierte sie sofort. Ich hatte sie schöner in Erinnerung. In meiner Nervosität begann ich auf Biegen und Brechen ein Gespräch mit einem Mädchen zu meiner Linken, das ich mit der Frage: «Und hattest du eine glückliche Kindheit?» einleitete. Ich war ein großer Buñuel-Anhänger. Zu meiner Verwunderung unterhielten wir uns ganz gut. Sie giggelte pausenlos, auch wenn ich nicht wusste, weshalb. Vielleicht stimmte mit ihr etwas nicht. Nachdem Anja die Küche verlassen hatte, verflachte unser Gespräch, und ich wandte mich wieder dem Büfett zu.

Später setzte ich mich auf die Terrasse, wo es dunkel und noch leidlich warm war, und hielt mich an einer Wodka-Flasche fest. Das Mädchen aus der Küche kam einmal vorbei, ging aber wieder, als sie feststellte, dass ich nicht mehr gesprächig war.

Irgendwann kam Anja auf die Terrasse. Sie sagte: «Ach, da bist du. Ich dachte, du wärst schon gegangen», und setzte sich neben mich. Zuerst schwiegen wir eine Weile, dann fragte sie mich irgendwas, und ich fing an, irgendeinen Quatsch zu erzählen. Von Malte Lipschitz und mir, von Kaugummi-automaten, Ufos und Weltuntergang.

Warum guckt Anja so?, dachte ich die ganze Zeit. Hoffentlich ist das keine Falle. Aber der Alkohol ließ einen geordneten Rückzug schon nicht mehr zu. Ich hatte den Eindruck, dass ich auf einmal ein glänzender Unterhalter war und dass Anja sich ausgezeichnet amüsierte. Gleichzeitig erinnerte ich mich, irgendwo gelesen zu haben, dass Männer diesen Eindruck angeblich immer haben, wenn sie sich mit Frauen unterhalten, und dass das alles ein Missverständnis ist, weil Frauen beide Gehirnhälften benutzen statt einer. Das stand damals in jeder Zeitung.

Mir wurde ganz schwindlig von diesen Gedanken, und ich trank nicht weiter. Ich setzte die Wodka-Flasche nur noch in regelmäßigen Abständen an meinen Mund, nahm einen Schluck und spülte ihn unauffällig zurück in die Flasche.

Als drinnen Neue Deutsche Welle gespielt wurde, kam Jörg Simoneit auf die Terrasse, berührte Anjas Hand und fragte, ob sie tanzen wolle. Sie wollte nicht.

«Jetzt nicht», sagte sie.

Dann gingen mir die Geschichten aus. Als es bereits hell zu werden begann, machte Anja ein seltsames Geräusch, zeigte in die Richtung, wo die Sonne aufgehen würde, und legte dann, ohne mich anzusehen, ihren Arm um meine Schultern. Der warme Pullover kratzte an meinem Hals. Ich sah Anjas Augen direkt vor mir, die irgendwo ins Halbdunkel starrten, und konnte es nicht fassen. Wir waren zusammen. Wir waren ein Paar.

Und wir blieben ein Paar. Über ein Jahr lang, bis wir uns wieder trennten, an einem Sonntag im Juni, an einem sehr warmen Sommertag, während Argentinien Fußballweltmeister wurde.

5

Auf dem Frühstückstisch liegt der Autoschlüssel, rechts neben meinem Teller. Marit, die stehend ihr nasses Haar bürstet, und mein Bruder tragen gesteppte Morgenmäntel, er rosa, sie blau. Ich fühle mich ganz seltsam neben den beiden, in meiner Straßenkleidung.

«Und wie?», fragt mein Bruder und stellt ein Bastkörbchen auf den Tisch.

Ich schmiere mir ein Brötchen, dann trinke ich meinen Tee zu schnell und verbrenne mir fast die Lippen. Marit erzählt, dass sie letzte Woche getankt haben, dass sie nur noch selten Auto fahren, dass man die meisten Strecken mit dem Fahrrad erledigen kann und dass sie bald einen Kindersitz brauchen werden. Sie klopft mit einem lila Plastiklöffel ein Ei auf, lächelt plötzlich und legt eine Hand auf ihren Kugelbauch. Mein Bruder zögert einen Moment und legt dann seine Hand auf ihre.

«Okay», sage ich mit dem Brötchen im Mund, schaue beide nochmal an, nehme den Schlüssel und gehe zur Haustür. Die Luft ist kalt. Ich habe keine Jacke mit, aber ich will auch nicht nochmal zurückgehen, und ich spucke den Rest des Brötchens unter das Auto.

Ich habe eine sensationelle Angst vor dem Tod, falls ich das noch nicht gesagt habe. Ich kenne niemanden, außer meinem Vater vielleicht, der so viel Angst vor dem Tod hat wie ich. Ich habe schon mit hunderttausend Leuten geredet und bin jedes Mal erstaunt, wie wenig beunruhigt die meisten sind. Und ich meine nicht die, die von Weiterleben oder Wiedergeburt faseln, die sich vorstellen, dass ihr Geist oder ihre Seele oder was auch immer später irgendwo rumfliegt, und der entscheidende Satz ist dann immer: *Ich bin ja auch irgendwie ein bisschen neugierig.* Mit so Geisteskranken rede ich gar nicht. Aber auch alle anderen Leute, die ich kenne, haben sich diese Theorien zurechtgelegt. Sogar Desmond. Dass der Tod ein natürlicher Bestandteil des Lebens ist. Wer den Tod nicht akzeptiert, akzeptiert auch irgendwie das Leben nicht. Buddhisten-Unfug, Goethe, bla. Und schließlich sind da ja noch die Moleküle, es verschwindet ja nichts aus dieser Welt.

Als Kind habe ich immer Käfer und Insekten eingefangen, wenn sie durch mein Fenster geflogen kamen. Ich habe ihnen die Flügel ausgerissen, und dabei habe ich mit ihnen geredet und ihnen erklärt, wie lange sie noch zu leben hätten: Jetzt hast du noch fünf Beine lang zu leben, jetzt hast du noch vier Beine lang zu leben. Und wenn ich dann den letzten Rest zwischen den Fingern hatte, an dem mit der Pinzette nichts mehr zu entfernen war, hat mich regelmäßig ein solcher Ekel gepackt, dass ich schnell mit dem Schuh draufgetreten bin. Dabei hatte ich immer so ein faules Kribbeln im Bauch.

Ich habe nie einen Zweifel daran gehabt, auch als Kind nicht, dass der Tod die vollkommene Auslöschung ist. Ich war fünf oder sechs, als ich das zum ersten Mal gemerkt habe, und ich bin da von ganz allein draufgekommen. Normalerweise hat mich die Erwachsenenwelt nicht sonderlich interessiert. Aber die Sache mit dem Sterben habe ich ganz schnell spitzgekriegt. Ich habe einen Verzweiflungsanfall bekommen, und meine Mutter hat versucht, mich zu trösten, indem sie mir von Jesus erzählt hat, der für uns alle gestorben ist. Ein absolut unverständlicher Satz. Mal ganz abgesehen davon, dass sie selbst nicht dran geglaubt hat. Aber sie hätte ja wirklich schlecht sagen können, was sie dachte, nämlich, dass wir alle zu Kompost werden. Und ich hab's auch so gewusst.

Daran muss ich denken, als ich jetzt die A7 entlangfahre.

Hinter Schleswig ist der Himmel hoch und strahlend wie eine renovierte Altbauwohnung, und ich erinnere mich genau, dass der Himmel immer so war, wenn ich hier entlanggefahren bin, und immer ist mir schlecht geworden auf der Fahrt. Wenn wir in Süderbrarup ankamen, hat meine Großmutter uns mit zwei Tüten Gummibärchen empfangen, eine für meinen Bruder und eine für mich, und manchmal noch eine für Malte Lipschitz. Ich konnte meine immer erst am nächsten Tag essen, weil mir so schlecht war. Dann habe ich die Gummibärchen nach Farben und Charakter sortiert, bis meine Finger warm und klebrig waren. Deshalb kann ich heute keine Gummibärchen mehr sehen.

Meine Großmutter öffnet die Tür, mit Seidenbluse und Jogginghose bekleidet, und dann muss sie sich sofort wieder auf die Couch legen, weil es sie sonst zu sehr anstrengt. Sie freut sich riesig, dass ich ihretwegen so eine weite Reise gemacht habe.

Während ich Tee koche, überlege ich, wie lange ich bleiben muss. Überall mufft es nach Urin und Medikamenten, aber es ist alles sauber aufgeräumt. Morgens und abends, erfahre ich, kommt immer Frau Timmermann, eine Pflegerin aus der Diakonie, und kümmert sich um den Haushalt. Ich stelle mir eine resolute Vierzigjährige mit kurzen braunen Haaren und knallbuntem Sweatshirt vor, die zu meiner Oma so Sachen sagt wie: «Na, junge Frau, wie fühlen wir uns denn heute?» So was kommt bei alten Leuten an. Ich weiß das, ich hab das selbst mal gemacht. Oder: «Das schöne Wetter habe ich extra für Sie mitgebracht!» Das ist dann die Krönung eines verpfuschten Lebens, am Ende nochmal so traktiert zu werden. Mit fünftausend Metastasen im Körper und eitrigem Ausfluss überall, und die Gesellschaft hält die Menschenwürde aufrecht, indem sie in bunten Sweatshirts hereinspaziert und unzumutbar redet.

«Wie lange soll der Tee ziehen?», rufe ich ins Wohnzimmer, und meine Oma hustet die Antwort so leise, dass ich es nicht verstehen kann. Ich stelle die Uhr auf dreieinhalb Minuten. Ich weiß natürlich, dass sie den Tee immer genau dreieinhalb Minuten haben will.

Die ganze Wohnung ist vollgerammelt mit hölzernen Teetassenuntersetzern, klobigen Aschenbechern und Ziertellern mit Messingschildchen. Resten eines Lebens, die später mal kein Mensch mehr versteht. Ich muss daran denken, wie das in Kürze alles ausgeräumt wird, und der Nachmieter tut mir jetzt schon leid, wenn er vor dieser geriffelten Tapete steht, auf der dann lauter helle Flecken sind, ovale und rechteckige und barometerförmige Flecken. Und diese ganz feinen Spinnweben, die man immer erst sieht, wenn ein Luftzug sie bewegt.

«Wie lange hast du den Tee ziehen lassen?»

«Dreieinhalb Minuten.»

Meine Oma nickt, und ich sehe die Tröpfchen auf ihrer Stirn, während sie die Tasse mit zitternden Händen zum Mund führt. Ich hoffe, dass ich sie nirgends anfassen muss. Sie ist die Einzige in der Familie, die immer zu mir gehalten hat. Für sie bin ich das Kind geblieben, das die Sommerferien bei ihr verbrachte, und jetzt, auf dem Sterbebett, fallen ihr die ganzen Geschichten wieder ein. Zum Beispiel habe sie mir einmal mein Leibgericht kochen wollen, und da hätte ich Kartoffelsuppe verlangt. Daraufhin habe sie Kartoffelsuppe gekocht, ich hätte aber nur rumgedruckst und endlich gesagt, zu Hause schmecke es anders. Meine Großmutter lächelt, aber ich weiß, es tut ihr heute noch weh, die Scheißkartoffelsuppe.

«Sind denn Brösel dabei gewesen?», frage ich, denn zu Hause gab es immer Brösel dazu. Weil ich Brösel für den natürlichen Bestandteil jeder Kartoffelsuppe hielt, habe ich das als Kind natürlich nicht extra erwähnt, und es ist irgendwie rührend, dass ich meine Großmutter nach fünfundzwanzig Jahren, einem Vierteljahrhundert, über dieses Missverständnis aufklären kann: Sie hat einfach die Brösel vergessen.

Den ganzen Nachmittag lang schildert sie meine Kindheitserlebnisse, wobei sie zwischendurch immer wieder Pausen macht, weil sie keine Luft mehr kriegt. Lauter Dinge, die ich ganz anders in Erinnerung habe. Aus der Vogelperspektive sehe ich sie mit einem strumpfhosentragenden Jungen an der Hand, beim Baden in der Ostsee oder auf dem Marinedenkmal von Laboe.

Solipsismus ist ja eine alberne Sache, aber auf einmal, wie sie von diesem Marinedenkmal anfängt, kommt es mir vor, als könne da doch was dran sein, in umgekehrter Form. Als gäbe es das wirklich nur noch in ihrer Erinnerung, diesen riesigen, roten Ziegelsteinhaufen. Und wenn sie jetzt stirbt, dann wird es auch das Marinedenkmal nicht mehr geben, und vielleicht auch Laboe nicht und auch nicht das U-Boot, das wir da besichtigt haben.

«So warst du schon immer, nicht?», sagt meine Großmutter, und ich nicke. Ich habe nicht zugehört. Sie lässt mich eine Pappschachtel mit Fotos aus dem Schrank holen, und wir sehen uns gemeinsam diese Fotos an. Es ist das erste Mal, dass ich dabei ein Jugendbild von ihr sehe. Ich kannte bisher nur das Bild auf der Flurkommode, wo sie neben dem DKW steht, und ich glaube, ich habe noch nie zuvor darüber nachgedacht, dass sie ja auch mal jung und schön gewesen sein muss. Ein Klassenfoto, im Hintergrund die Volksschule Marienwerder, und vorne links ein reizendes BDM-Mädel mit dicken geflochtenen Zöpfen, dem noch keiner gesagt hat, dass es in sechzig Jahren auf einer muffigen alten Couch an Lungenkrebs sterben wird.

Als es dunkel zu werden beginnt, räume ich das Geschirr ab, und wir sitzen eine Weile schweigend da. Dann verabschiede ich mich.

«Ich bin froh, dass ich dich noch gesehen habe», sagt sie.
«Ja», sage ich.
Sie weint.

Als ich auf der Autobahn bin und die Scheinwerfer einschalte, werde ich plötzlich nervös. Die Vorstellung, wie sie da jetzt ganz allein liegt in ihrem Alte-Leute-Zimmer, während das Licht draußen immer fahler wird, und über ihren schrecklichen Fehler mit den Bröseln nachdenkt – da wird mir auf einmal ganz schlecht. Für einen Moment glaube ich, es wäre das Beste, nochmal umzukehren. Ich könnte ihr ein Kissen aufs Gesicht drücken wie in *Betty Blue* oder in diesem anderen Film mit den Geisteskranken. Aber es ist ein Vierteljahrhundert vergangen. Es ist zu spät. Ich drücke auf den Fensterheberknopf und werfe die Tüte Gummibärchen hinaus, die Frau Timmermann für mich eingekauft hat.

In Hamburg fahre ich einen Umweg an Anja Gablers alter Adresse vorbei. Zwischen den Reihenhäusern halte ich an, um einen Blick auf die Klingelschilder zu werfen. Ich kann mich kaum noch erinnern, welches Haus es war. Sie sehen alle gleich aus. Schließlich erkenne ich das selbst getöpferte Namensschild neben der Tür: HIER WOHNEN GABLERS.

Als ich zum ersten Mal da geklingelt habe, das weiß ich noch ganz genau, da dachte ich, ich würde jetzt glücklich sein für den Rest meines Lebens. Seitdem hat sich eigentlich nichts verändert. Weder das komische Schild noch vermutlich Frau Gablers hochtoupierte Frisur, noch der breiige Geruch im Windfang, noch sonst irgendetwas auf dieser Welt. Nur die Person, die ich damals war, wurde zwischendurch einige Male von Außerirdischen entführt, das Gehirn zu Versuchszwecken rausgesaugt und durch etwas ganz und gar anderes und Unerklärliches ersetzt.

Ich weiß nicht, warum das so ist, aber es ist so. Das letzte

Mal, als ich meinen Bruder besuchte, habe ich ein paar alte Kinderbücher vom Speicher mitgenommen, und ich habe beim Wiederlesen die Entdeckung gemacht, dass sie die Vorstellung meiner Kindheit eigentlich viel konzentrierter ausdrücken als jede eigene Erinnerung.

Pik reist nach Amerika – das war mein absolutes Lieblingsbuch. Es handelt von einem Eichhörnchen, das Pik heißt und einem Jungen gehört, der heißt Ben. Ben ist arm und lebt bei seiner Tante Polder, die sich furchtbar aufregt, dass er für das Eichhörnchen einen stinkenden Baum in die Stube schleppt. Bens Freund ist Terry Adelström, und der ist reich und unternimmt mit seinen Eltern eine Kreuzfahrt nach Amerika, aber nicht, ohne Ben vorher noch das Eichhörnchen zu klauen. Daraufhin setzt Ben alle Hebel in Bewegung, um ebenfalls an Bord dieses Ozeandampfers zu kommen. Er lässt einfach alles stehen und liegen, nur um sein Eichhörnchen wiederzutreffen. Das muss man sich mal vorstellen. Also, er gelangt aufs Schiff, als blinder Passagier, und natürlich fasst man ihn da nicht gerade mit Samthandschuhen an. Er wird dem Küchenchef übergeben, und der behandelt alle Leute wie Abschaum, und auch Ben wird wie Abschaum behandelt, obwohl er erst einen Meter zwanzig groß ist. Aber schließlich findet er einen Freund in Herrn Wöhler, dem Superkargo, und er kriegt sein Eichhörnchen wieder, und er schreibt einen Brief an seine Tante Polder: *Du kannst den Baum ruhig aus der Stube tun. Ich brauche ihn nicht mer. Denn Pik und ich, wir reisen mit Adelströms nach Amerika.*

Ende. Aus. Tolles Buch. Ich hab das mindestens hundert Mal gelesen, als ich sieben war.

Ich steige wieder ins Auto und haue mit der Stirn ans Lenkrad, und dann denke ich, hoffentlich geht jetzt nicht der Airbag auf. Etwa hundert Meter hinter Gablers Haus, am Ende der Reihenhaussiedlung, steigen ein paar Silvesterraketen auf, mitten im Spätsommer. Ungefähr da, wo Simoneits damals wohnten.

«Und? Wie war's?», fragt Marit. «Hat sie sich gefreut?» Sie kommt mir aus der Küche entgegen.

«Ja, hat sie.» Ich setze mich an den Esszimmertisch und stütze den Kopf ab.

Es wird ein bisschen mit dem Geschirr hantiert.

«Ich finde es gut, dass du nochmal hingefahren bist. Sie hat immer nach dir gefragt.»

«Ich weiß.»

«Ich meine, nicht dass sie nach Volker nicht gefragt hat. Aber da du immer bei ihr warst, früher – ich glaube, sie hat wirklich sehr an dir gehangen.»

«Das tut sie noch.»

«Hast du ihr erzählt, was du jetzt machst?»

«Sie hat nicht gefragt.»

Marit wirft das Geschirrhandtuch über die Stuhllehne. «Na, das ist vielleicht auch ganz gut so. Man hängt doch so an seinen Vorstellungen.»

Manchmal hat Marit auch lichte Momente.

«Und jetzt?»

«Jetzt fahr ich nach Berlin. Desmond besuchen.»

«Willst du nicht das Familientreffen abwarten?»

Das hat mir gerade noch gefehlt. Einmal im Jahr trifft sich die Familie, oder was von ihr noch übrig ist, in Hamburg. Lauter Leute, die jeden, der sich nicht für ihr Politikwirtschaftsportgerede interessiert, schon für ziemlich schräg halten. Außer Marit natürlich, die ist da wie immer fortschrittlicher. Wenn im Fernsehen Farin Urlaub oder eine andere tote Hose erscheint, kann man mit Sicherheit davon ausgehen, dass Marit ihn nicht *ziemlich schräg* findet, sondern *herrlich schräg*. Allein meine MS-kranke Großtante ist noch der Ansicht, dass Farin Urlaub unausstehlich und bescheuert ist, und wenn ich ihr dann recht gebe, schaut sie mich immer ganz kritisch an, weil sie mich in Wirklichkeit natürlich für genauso bescheuert hält wie diesen Herrn Urlaub. Das ist wirklich alles sehr schwer zu begreifen.

«Desmond macht da ein Fest, übermorgen.»

«Ah.»

Gegen Desmond kann sie nichts sagen. Sie hat ihn nur einmal gesehen, und sie hasst ihn. Aber er ist schwul, und gegen Schwule kann man bekanntlich nichts sagen.

Ich nehme zwei Bier aus dem Kühlschrank und setze mich auf die Terrasse. Die Sonne ist schon untergegangen. Nach einer Weile kommt Marit mit einem Glas Orangensaft den Gartenweg hinuntergelaufen. Sie schaut stundenlang in die Landschaft, dann geht sie in die Hocke und fischt mit der rechten Hand ein Ahornblatt aus dem Swimmingpool.

«Ich find's wirklich gut, dass du noch bei ihr warst. Sie wollte niemanden mehr sehen. Weißt du, was sie über dich gesagt hat?»

«Interessiert mich nicht.»

«Sie hat gesagt –»

Ich halte mir mit beiden Händen die Ohren zu und kneife die Augen zusammen. Das ist zwar albern, aber als ich die Augen wieder öffne, ist Marit verschwunden. Die Kommunikation zwischen uns wird immer besser. Nach einer Weile gehen die Lichter im Erdgeschoss aus, dann im ganzen Haus. Es ist fast still.

Ab und zu weht ein leichter Chlorgeruch vom Swimmingpool herüber. Ich versuche, im Sternenhimmel barometerförmige Löcher zu entdecken. In weiter Ferne hört man wie Meeresrauschen die Autobahn. Ich muss daran denken, wie ich als Kind immer auf meinen Hudora-Rollschuhen zur Autobahn gefahren bin, weil mir da die Stimmung, oder wie immer man das nennen will, so gut gefallen hat. Ich habe mich oben auf die Brücke gestellt und den Autofahrern zugewinkt, und die Autofahrer haben aufgeblendet und zurückgewinkt. Ich fand es immer grotesk, dass die Leute in den Autos da alle ein eigenes Schicksal haben sollten und ein eigenes Leben, obwohl ich nichts darüber wusste und nie etwas erfahren würde. In dem ich aber für den Bruchteil einer Sekunde eine Rolle gespielt hatte, nämlich die eines winkenden Kindes auf der Autobahnbrücke. Das war immer so ein ganz seltsames und ungewisses Gefühl, als ob das kein Zufall sein könnte. Als ob ein Plan dahinter wäre.

6

Aus meinem Mund kommen Atemwolken, die sich über der Bettdecke auflösen. Das Fenster hat die Nacht offen gestanden. 06:22 Uhr. Die Hedschra. Ich ziehe die Decke über den Kopf und überlege, dass es vielleicht besser wäre, sofort loszufahren. Da werden Marit und Volker wieder denken, was für ein Idiot, aber das ist mir egal, das denken die sowieso. Ich ziehe mich also an, ich nehme meinen Rucksack, und ich gehe auch nicht auf Klo, um niemanden zu wecken.

Unten lege ich einen Zettel hin, und dann laufe ich Richtung Bushaltestelle, an dreißig Quadratmeter großen Vorgärten vorbei, in denen Gegensprechanlagen stehen. Der erste Bus fährt noch nicht. Ich setze mich in das Wartehäuschen auf einen der orangen Plastikschalensitze und schaue über die Wiesen und Felder, die rechts neben der Siedlung im Nebel verschwinden. Es kommt nicht oft vor, dass ich Felder sehe, außer beim Auto- oder Zugfahren, und ich bin unangenehm beeindruckt. Ich meine, ich kann auf die Natur gut verzichten. Aber ab und zu beruhigt es mich doch, dass es sie noch gibt, da draußen. Eine seltsame Parallelwelt, von der man nicht viel weiß. Ein paar Felder, absurde Tiere im Nebel –

«Wollen Sie jetzt mit oder nicht?», fragt der Busfahrer durch die offene Tür.

Die Türen schließen mit diesem saugenden Geräusch, und bis Langenhorn-Nord bin ich der einzige Fahrgast. Ich denke an Erika, und das ermüdet mich, und dann denke ich wieder an meine Großmutter.

Die Fahrt von Hamburg nach Berlin verschlafe ich fast ganz. Ich bin viel zu früh aufgestanden. Mein Kopf lehnt an der Scheibe des ICE, und ab und zu wache ich auf, weil die Scheibe vibriert, und dann sehe ich noch mehr Felder und Bäume, und einmal sehe ich ein Kind vor einem offenen Garagentor, und das Kind schwebt in der Luft. Das heißt, wahrscheinlich schwebt es gar nicht in der Luft, wir fahren einfach zu schnell.

Vom Bahnhof Zoo nehme ich die S-Bahn zum Alexanderplatz. Es hat sich alles sehr verändert, seit ich zuletzt hier war. Die geisteskranken Ostgebäude sind unter Imbissbuden und Neonreklamen nur so halb verschwunden, und der S-Bahnhof ist renoviert, ein riesiger Glaszylinder. Alles soll edel und nach Fernreisen aussehen, obwohl es hier ja definitiv keine Fernreisen gibt.

Ich suche nach einem Stadtplan, und weil ich keinen finden kann, frage ich ein paar Bomberjacken, die unter der Weltzeituhr stehen, in welcher Richtung Friedrichshain liegt. Ich verlaufe mich ein paar Mal, und ich frage noch mehr Leute nach dem Weg, und die Leute sehen alle aus, als hätten sie eine schwere Depression. Ich höre ihnen auch gar nicht mehr richtig zu, weil ich immer denke: Sind das jetzt Zonenbewohner oder nicht? Und woran erkennt man das eigentlich? Depression gab's ja auch im Westen. Ein bisschen komme ich mir schon vor wie der Spiegel-Redakteur, dem sie zur Strafe fürs Praktikantinnen-Flachlegen nochmal die jährliche, schonungslose Ost-West-Bilanz aufs Auge gedrückt haben: *Zehn Jahre danach*.

In einem Park, der Volkspark Friedrichshain heißt, sonnen sich die Leute. Einige sind nackt, andere in Unterwäsche. Die meisten tatsächlich in Unterwäsche. Einen Mann sehe ich, der ein Ding nur so aus Riemen anhat, einen Riemen um die Taille, zwei laufen über die Arschbacken, sodass die Spalte frei bleibt. Das hätt's im Westen nicht gegeben, denke ich in meiner Funktion als Redakteur. Das heißt, die Unterhose ist natürlich ein Westprodukt. Aber die Idee, sich mit so etwas auf eine Wiese zu legen, ist einfach eine absolute Ostidee. Die waren ja schon immer hemmungslos.

Desmond wohnt in der Bötzowstraße. Sein Haus sieht aus und riecht wie alle Altbauten hier. Da findet man sich gleich zurecht. Desmond öffnet die Tür mit einem Kochlöffel in der Hand und einem weißen Schürzchen um, schreit, dass ich spät dran bin, umarmt mich und springt in die Küche zurück.

«Ich habe gekocht! Wie geht es dir!», ruft er.

Er hat sich die Haare schwarz gefärbt. Die Schürze ist natürlich ein Witz, und ich muss einen Moment überlegen, ob die Riemenunterhose im Park vielleicht auch ein Witz war, den ich nur nicht verstanden habe.

Ich stelle meinen Rucksack ab, setze mich an den Küchentisch unter das Spice-Girls-Poster, und dann schaue ich Desmond beim Kochen zu. Desmond freut sich, dass ich gekommen bin, er redet ohne Punkt und Komma, und dann passiert etwas Merkwürdiges: Ich habe den Eindruck, als ob ich ihn noch nie gesehen hätte. Als ob die Person, die da am Herd steht, nicht mein bester Freund wäre, sondern ein bezahlter Schauspieler, und gleichzeitig weiß ich nicht, wie ich darauf komme. Es ist ein bisschen ärgerlich.

Desmond kenne ich, seit wir in München zusammen im Studentenwohnheim wohnten. Wir waren Nachbarn, und Desmond hatte Liebeskummer wegen Chantal. Die hieß wirklich so, Chantal. Jedenfalls stand Desmond dann jeden Abend mit einer Flasche Wodka vor meiner Tür. Ich fand das ziemlich gewöhnungsbedürftig am Anfang. Desmond war gerade mal vier Jahre in Deutschland und sprach auch erst seit vier Jahren die Sprache, als sein Wortschatz schon ungefähr doppelt so groß war wie meiner. Wenn man Desmond in sieben oder acht Stücke hauen würde, könnte man ein paar ordentliche Geisteswissenschaftler aus ihm gewinnen. Aber so ist er praktisch kaum lebensfähig.

Zuletzt sind wir uns vor einem Dreivierteljahr begegnet. Auf Chantals Silvesterparty. Das weiß ich noch, weil wir uns da über unsere Vorsätze fürs nächste Jahr unterhalten haben. Das heißt also, für dieses Jahr. Natürlich hatte niemand irgendeinen Vorsatz gefasst. Außer Desmond, der jedem, der es nicht hören wollte, erklärte, dass er beschlossen habe, im nächsten Jahr nicht mehr dem *widerwärtigen und ekelhaften Kausalitätsprinzip* zu unterliegen. Um Mitternacht hat er sich dann die Treppe im Hausflur runtergeschmissen, um zu beweisen, dass diese Ursache auf ihn keinerlei Wirkung mehr habe, und sich dabei den Fuß angebrochen. Damit ist er den ganzen Abend durch die Menge gehumpelt und hat immer wieder dieses widerwärtige und ekelhafte Kausalitätsprinzip verdammt.

Kurz nach seinem Attentat auf Chantal hat er dann seine Koffer gepackt und ist nach Berlin gezogen. Später ist immer Chantal mit einer Flasche Wein bei mir aufgekreuzt, um sich ebenfalls zu betrinken, aber so witzig wie früher war es nicht mehr. Sie hat ihn nämlich geliebt, das kam dabei raus, so wie er sie auch geliebt hat, aber das ist ihr leider zu spät eingefallen. Da war er dann schon schwul.

«Was ist?», sagt der bezahlte Schauspieler und hält beim Zwiebelschneiden inne, und ich denke, vielleicht liegt es ja nur daran, dass er sich die Haare schwarz gefärbt hat.

Er gießt ein Glas Leitungswasser in die Pfanne, und Wasserdampf vernebelt die Küche. Desmond gibt sich große Mühe, das sieht man. Er holt nacheinander jedes einzelne Gewürz aus einem Spar-Pappkarton und betrachtet es, wie die Affen in Kubricks *2001* den Monolithen betrachten, aber natürlich führt das zu nichts. Das ist nicht seine Welt. Ich frage, ob ich ein paar Tage bleiben kann, und er sagt, ich könne sogar Anthonys Wohnung haben, der führe eine Weile weg.

«Anthony?»

«Mein Nachbar von gegenüber, aus dem Haus gegenüber», sagt Desmond und setzt einen Blick auf, aus dem ich erkennen soll, was Anthony sonst noch ist.

Das Essen ist schlimm versalzen, ich schiebe meinen Teller beiseite. Als Desmond fertig ist, zünde ich mir eine Zigarette an. Wir schweigen lange, und ich schaue auf das Spice-Girls-Poster und überlege, ob es vielleicht ein Fehler war hierherzukommen. Ob ich Desmond gerade furchtbar auf die Nerven gehe. Ich sage, er möchte sich doch bitte nicht stören lassen von mir, und Desmond antwortet, dass er mit der Arbeit fertig ist für heute. Das glaube ich ihm aber nicht. Und deshalb sage ich, dass ich ziemlich müde bin und mich ein bisschen hinlegen muss.

Ich liege noch keine Minute in Desmonds Bett, da höre ich, wie im Nebenzimmer der Computer angeschaltet und in die Tastatur gehämmert wird. Desmond schreibt eine Doktorarbeit über Epistemologie, oder etwas in der Richtung jedenfalls. Er schreibt sie auch nicht für sich selbst, er ist ja längst mit dem Studium fertig.

Ich träume grässliche Dinge. Drei oder vier Stunden später sitzt jemand neben mir auf der Bettkante und schreit. Desmond schreit gerne, falls ich das noch nicht gesagt habe. Er hat eine Flasche Jim Beam in der Hand. Ich bin ganz schlaftrunken, und ich kann sein Gesicht nicht scharfstellen, nur die Flasche in seiner Hand.

Mir fällt ein, wie er einmal im Flugzeug eine ganze Hundertschaft von japanischen Schulkindern dazu gebracht hat, Arsenal-Gesänge aufzuführen, und die Stewardess musste kommen und ihn beruhigen. Eine wunderschöne thailändische Stewardess, die ihm einen alkoholfreien Cocktail versprochen und ihn immer mit drei Fingern am Handgelenk festgehalten hat.

«Lass uns was machen», sagt Desmond.

Wir setzen uns wieder in die Küche, aber diesmal ist es schon besser. Wir unterhalten uns besser. Möglicherweise ist er doch kein bezahlter Schauspieler. Ich bin furchtbar erleichtert und erkläre Desmond, wie sehr ich ihn vermisst habe die letzten Monate, obwohl ich ja vor ein paar Stunden noch das genaue Gegenteil dachte, und Desmond ist zum Glück niemand, der sich bei so was fragt, was das zu bedeuten hat. Er lacht nur, und das sieht ziemlich schön aus. Ich kenne nicht viele Männer, von denen ich behaupten würde, dass ich ihnen gern beim Lachen zusehe. Aber bei Desmond schon. Als das Bier alle ist, geht er zur Tankstelle und kauft zwei Sixpacks, während ich dusche, und dann trinken wir weiter.

«Du hättest dir nicht die Haare färben sollen», sage ich. «Das sieht scheiße aus.»

Dann klingelt es an der Tür. Anthony hat eine Tiefkühlpizza in der Hand, und er sieht auf den ersten Blick ganz okay aus, bis auf die Latexhose vielleicht. Er hat auch schon eine Reisetasche dabei, und zuerst beachtet er mich gar nicht. Erst als Desmond sagt, dass er sich gedacht hat, ich könne eine paar Tage in seiner, Anthonys, Wohnung übernachten, schaut er mich richtig an und hält mir dann wortlos die Schlüssel hin. Wirklich sehr elegant.

Desmond reißt die Plastikfolie von der Pizza und stellt den Gasherd an, und währenddessen redet Anthony ohne Pause auf Englisch auf ihn ein, und ich kann das meiste nicht verstehen. Ich verstehe nur, dass es um Minderjährige geht, um Schulkinder oder so was, und diese Geschichten interessieren mich ja auch nicht wirklich.

Anthony schaut auf seine Armbanduhr, schaut auf die

Küchenuhr, und dann verabschiedet er sich von Desmond mit einem Kuss auf den Mund. Danach verabschiedet er sich auch von mir mit einem Kuss auf den Mund, und dabei fühle ich, wie ich plötzlich seine Zunge im Hals habe, und ich zucke zusammen. Gleichzeitig merke ich, dass das der Sinn der Aktion war. Anthony lacht, und ich denke, was für ein Arsch. Aber ich sage nichts, ich will Desmond nicht in Verlegenheit bringen. Desmond bugsiert ihn zur Tür, und da reden sie wieder stundenlang miteinander, und einmal schreit Anthony mir noch zu, dass ich Desmond ja gut behandeln soll.

Als Desmond zurückkommt, hat er ganz dunkle Lippen, wischt sich imaginären Schweiß von der Stirn, sagt aber kein Wort. Weil Anthony ihm peinlich ist, natürlich. Seine Freunde waren ihm intellektuell schon immer nicht gewachsen, was ja auch kein Wunder ist. Aber deshalb fallen sie dann oft ein paar Kategorien seltsamer aus als unbedingt nötig, weil der Unterschied von Schwachsinnigen zu Normalen von Desmonds Warte aus eh nicht mehr ins Gewicht fällt. Ich habe es längst aufgegeben, mit ihm darüber zu diskutieren. Das war bei Chantal sinnlos, das wird auch hier sinnlos sein.

Es ist schon neun, und Desmond zählt auf, was wir am Abend unternehmen könnten. Wir könnten ins WMF gehen oder seinen Freund Paul besuchen, sagt er, oder wir gehen gleich ins Meilenstein, wo ihn der Journalist Soundso eingeladen hat, da sollen ganz viele interessante Leute kommen. «Was für Leute?», frage ich misstrauisch, und Desmond zählt ein paar Namen auf, damit ich mir ein Bild machen kann, und dann sagt er: «Und Ines Neisecke ist auch da.» Er betont den Namen Ines Neisecke ganz komisch, obwohl er gar nicht wissen kann, dass ich diese Ines Neisecke kenne. Aber ich kenne sie. Ich hab mal was von ihr gelesen, und das hatte ich mir gemerkt damals, weil das so seltsam war, ein bisschen krank. Also nicht wirklich krank, aber eben seltsam. Und in diesem Moment ist mir klar, dass ich unbedingt in diese Kneipe will und Ines Neisecke kennenlernen. Das ist bei mir immer so. Ich brauche nur einen Namen zu hören, und schon weiß ich, was die Stunde geschlagen hat.

«Also gut», sagt Desmond, holt die Pizza aus dem Ofen und schmeißt sie in den Mülleimer.

7

Im Meilenstein kommen wir so gegen elf an. Am Tisch mit Desmonds Bekannten ist nur noch ein Platz frei, zwischen einem kleinen, dünnen Mann mit Tocotronic-T-Shirt und einer Frau mit kurzen Haaren. Desmond holt sich einen Stuhl, und ich setze mich neben die Frau. Sie lächelt mich an, und ich weiß sofort, das ist Ines Neisecke. Ihr linkes Auge zuckt wie bei einem Kokser, ihre obere Zahnreihe ist kaputt, abgebissen sieht das aus, und das Erste, was mir auffällt, ist: Sie ist überhaupt nicht mein Typ. Ich meine, nicht wegen dieser Zahnreihe, das ist mir egal. Aber grundsätzlich. Ich kriege ein Pils vor die Nase gestellt, und ich bin einigermaßen enttäuscht. Dabei kann Ines natürlich nichts dafür, dass sie nicht mein Typ ist.

Den Rest der Runde kenne ich mehr oder weniger. Vom Sehen oder von Polaroidfotos, die irgendein Pakistani nachts in irgendwelchen Kneipen geschossen hat und die jetzt über Desmonds Kühlschrank hängen. Mir gegenüber sitzt eine Frau mit schwarzen Haaren, die aussieht wie Gina Gershon in *Bound*, diesem Lesbenthriller, also hervorragend. Und sie redet mit einem Juristen, den ich wiedererkenne, weil er uns mal in München besucht hat, und der jetzt das Gespräch unterbricht, weil er Desmond bemerkt.

«Hey!», sagt der Jurist.

An seiner Körpersprache und an der der anderen erkenne ich sofort, dass Desmond auch hier längst wieder der Mittelpunkt ist, um den alles kreist. Hätte mich, ehrlich gesagt, auch gewundert, wenn es nicht so wäre.

Desmond stellt mich vor als seinen besten Freund, und

dann erzählt er als Erstes diese Geschichte aus München, wie ich immer meinen Müll in dieses Cabrio ausgeleert habe, und von der Gerichtsverhandlung, und ich höre gar nicht hin, weil ich das schon so oft gehört habe. Und weil mir das mittlerweile auch ein bisschen peinlich ist. Am Ende legt Desmond seinen Arm auf meine Schulter und sagt: «Wenn man genügend Alkohol in ihn reinfüllt, macht er noch ganz andere Sachen», und ich schaue verlegen auf die Tischplatte. Ines lacht.

Etwas später fragt Ines mich, ob ich es auch schon mal mit Frauen getrieben hätte, und so geht das den ganzen Abend. Dauernd habe ich den Eindruck, als ob das Gespräch völlig zusammenhanglos sei. Aber das liegt wohl eher an meiner Wahrnehmung, die schon nicht mehr ganz intakt ist. Ich habe erste Schwierigkeiten mit der Aussprache. Ines dagegen baut mühelos Sätze mit zwanzig Nebensätzen. Sie spricht, als wäre sie nur zufällig eine Frau, und Desmond, als wäre er nur zufällig schwul. Die beiden sind ein gut eingespieltes Team, das sieht man gleich. Die anderen amüsieren sich immer, wenn Ines etwas sagt, aber ich finde sie ein bisschen aufgesetzt. Ich muss die ganze Zeit darüber nachdenken, warum das nie klappt mit den Vorahnungen.

Trotzdem gefällt mir die Veranstaltung ganz gut. Es riecht gut in dieser Kneipe, es läuft keine dämliche Musik im Hintergrund, und ich halte mit beiden Händen mein Bierglas umklammert wie ein mitgebrachtes Haustier, wie ein Meerschweinchen, das weglaufen will, und ich strahle übers ganze Gesicht, so gut geht es mir. Gina Gershon erzählt von einem Bustier, das sie sich gekauft hat, während sie mit den Händen an ihrem Pullover rumfummelt. Und auf der anderen Seite redet Ines über italienische KZ-Pornos der 70er Jahre. Auch das finde ich ein bisschen aufgesetzt.

Ich schaue mich in der Kneipe um, und dabei drehe ich meinen Kopf so hin und her, als sei er eine Kamera, als hätte ich ein Gehäuse um den Kopf herum. Mir ist nämlich gerade eingefallen, dass ich nie sehen kann, was die anderen sehen, sondern dass ich immer nur sehen kann, was ich sehe. Nicht sehr originell, aber manchmal werde ich solche Gedanken überhaupt nicht mehr los. Besonders auf solchen Massenveranstaltungen. Ich fühle mich, als wäre ich in einen altertümlichen Taucheranzug eingezwängt, mit einer großen Messingglocke um den Kopf herum, die mich daran hindert, ein anderer Mensch zu sein, und fast gleichzeitig spüre ich, wie die Kneipengeräusche hinter einem Schirm aus Metall verhallen, und im Sichtfenster der Messingglocke taucht das Bild meines alten Schulpsychologen wieder auf. Schmidt-Naujoks.

Schmidt-Naujoks war aus einer ABM-Maßnahme für arbeitslose Sportlehrer hervorgegangen, ein richtig wilder Quereinsteiger, mit Bundfaltenhosen und Vierfarbkugelschreiber und allem. Und dieser Schmidt-Naujoks hätte es damals fast geschafft, meine Mutter umzubringen vor Sorge. Wochenlang hat er sie mit Wörtern wie *Schizo-Potenzial* oder *Suchtstruktur* gequält, das glaubt man heute gar nicht mehr. Schizo-Potenzial. Dabei hatte ich nichts weiter getan, als ein paar Ausflüge zu unternehmen und mir nachts im Schlaf die Haut vom Leib zu kratzen. Ansonsten war ich ein ganz durchschnittlicher Fünfzehnjähriger, und ich hatte nicht im Entferntesten vor, verrückt oder drogenkrank zu werden. Auf die Idee bin ich, wie die meisten anderen auch, erst gekommen, als ich im Deutschunterricht *Wir Kinder vom Bahnhof Zoo* lesen musste. Weil damals alle gedacht haben: Die Jugend, die ist ja total drogengefährdet, und diese Schilderung, die wird sie prächtig davon abhalten! Natürlich war das genaue Gegenteil der Fall. So ein aufregendes Leben wünscht sich ja jeder mit fünfzehn. De facto sind aus unserer Klasse zwei Leute durch dieses Buch an die Nadel gekommen.

«Alles okay?», sagt Desmond.

«Blendend», sage ich.

Ich drehe mich zur anderen Seite, wo Gina Gershon dem Juristen erklärt, dass Frauen Sex vortäuschen, um Liebe zu erhalten, während Männer Liebe vortäuschen, um Sex zu kriegen. Der Jurist heißt Enrique, wenn ich das richtig mitgekriegt habe, und er und Gina Gershon sind sich vollkommen einig, was ihre armselige kleine Hypothese angeht. Das heißt, bei ihm bin ich da nicht so sicher, ob er das ernst meint, oder ob das nur strategische Zustimmung ist. Aber er schaut seine Gesprächspartnerin wenigstens so verbindlich an, als hätte sie gerade den Beziehungsdiskussions-Nobelpreis errungen.

Ein Fläschchen Poppers geht rum, und als Gina Gershon an der Reihe ist, fragt sie, was das sei, was man damit machen solle. Dann hält sie das offene Fläschchen neben sich und erklärt, wie Drogen ihrer Meinung nach beschaffen sein müssten, was sie am Gras so schätze, und wenn man das hier einfach durch die Nase einatmen solle, das würde man doch besser in eine Tüte tun und dann schnüffeln. Nein, nein, sagt einer, nur so aus der Flasche, einmal Luftholen, und während der ganzen Zeit schwenkt sie das Ding neben sich herum und drei Viertel des Inhalts sind garantiert schon verdunstet, aber niemand sagt etwas. Keiner will der Spießer sein. Schließlich pflückt Enrique ihr das Fläschchen aus der Hand.

Zur Toilette geht es eine schmale Treppe hinunter, und ein Mann, der von unten kommt, drängt sich an mir vorbei und sagt: «Ks, ks» oder so, und ich sage: «Leck mich», und wie alles bleibt der Dialog völlig folgenlos. Unten steht ein Zigarettenautomat mit Plastikmahagonifurnier. Ich ziehe eine Packung, der Automat wackelt, und stapelweise Flyer fallen herunter, denen man auch auf den zweiten Blick nicht ansehen kann, ob sie jetzt für einen illegalen Club, eine Tanja-Dückers-Lesung oder eine Fistfuckparty der Green Berets werben. So unübersichtlich ist das alles, in einer fremden

Stadt. Ich besuche aus Versehen die Damentoilette, und als ich wieder hochgehe, fällt mir auf, dass die ganze Kneipe mit unglaublich hässlichen Wandmalereien von nackten Frauen ausgemalt ist.

«E-kel-haft», sagt Gina Gershon gerade.

Sie verzieht angewidert ihr Gesicht, was ziemlich reizend aussieht, und alle anderen lachen. Ich lache auch, obwohl ich gar nicht weiß, worum es geht, und dann fällt mir ein, dass sie vielleicht über mich lachen, weil ich auf dem Weg zum Klo so geschwankt habe, dass ich fast vor die Wand gelaufen wäre, und weil ich mir ziemlich auf die Schuhe gepinkelt habe. Obwohl das ja niemand gesehen hat, aber, wie gesagt, ich weiß es nicht.

Desmond ruft den Kellner und bestellt Pelmeni, und Ines und Enrique bestellen auch etwas.

«Ich lad dich ein», sagt Desmond zu mir.

«Ich hab keinen Hunger», sage ich.

«Natürlich haben die auch alle den totalen Mutterkomplex, das erfinde ich ja nicht», sagt Gina Gershon. Ich schaue Gina Gershon an, und so langsam dämmert es mir, worum es geht, denn auf einmal hat sie sich mit Ines in den Haaren. Das hatte ich vorher gar nicht bemerkt. Es geht um irgendwelche Perversen, um Pro 7 oder RTL 2. Und darüber wurde eben auch gelacht, und nicht über mich, wie ich zuerst angenommen hatte.

«Ich meine, wie die da zu Hause rumgekrochen sind, bärtige Männer mit rosa Windeln. Und dann immer der Reporter. Und die Mutti mit dem Kochlöffel. Und das alles in so einer Einfamilienhaussiedlung, alles blankgewienert. Und alles voller Windeln», sagt Gina Gershon. «Da hört es wirklich auf.»

«Schwachsinn», sagt Ines.

Ines schaut auf ihren Teller. Sie schiebt mit der Gabel etwas an den Tellerrand und nimmt den Daumen zu Hilfe.

Dann sieht sie Gina Gershon an und bohrt dabei mit dem Finger zwischen den Zähnen herum. Weiter sagt sie nichts, sie bohrt nur mit dem Finger in den Zähnen herum. Das ist ja eine ganz schöne Provokation, denke ich, und Gina Gershon denkt offenbar das Gleiche. Sie wird wütend, sie fängt an, eine Rede zu halten und ihre Position zu verteidigen, und das ist nicht klug von ihr. Denn, das sieht man einfach, das ist sie nicht gewohnt, so zu reagieren. Weil sie es nicht gewohnt ist, so angeschossen zu werden. Das ist der Nachteil, wenn man zu attraktiv ist. Da kriegt man als junger Mensch zu wenig Kritik ab, und dann steht man später blöd da. Und auf einmal sieht Gina Gershon auch gar nicht mehr so attraktiv aus. Sie redet und redet, und ich höre gar nicht hin, was sie da redet, ich höre nur die Worte Meinungsfreiheit und Normalität, und das reicht ja auch. Ines sagt überhaupt nichts, nur ihr einer Augenwinkel zuckt einmal. Aber auch da weiß ich nicht, ob der zuckt, weil sie gerade mit den albernsten Worten der Welt beworfen wird, oder einfach so. Irgendwann hört Gina Gershon auf zu reden.

«Ich meine, ich bin ja nicht blöd!», sagt sie.

«Leider doch», sagt Ines.

Desmond legt Ines die Hand auf den Unterarm. Gina Gershon sieht sich hilfesuchend um, und dabei fällt ihr Blick ausgerechnet auf mich. Ich tue so, als würde mich das alles nicht interessieren. In Wirklichkeit kann ich mich natürlich vor Begeisterung kaum noch auf dem Stuhl halten. Weiter! Weiter!, denke ich immer. Aber alle anderen am Tisch finden es offenbar eher besorgniserregend, wie sich die beiden Frauen da beharken. Enrique ist auf der Sitzbank nach unten gerutscht. Nur Desmond weiß wie immer nicht, wie man sich über so etwas überhaupt streiten kann. Windelfetischisten.

«Ich halte diese Form der Regression auch für einen Schritt in die falsche Richtung. Ich wäre lieber auf einer niedrigeren Evolutionsstufe hängengeblieben», sagt er.

Jemand lacht, und Gina Gershon, die nicht zu Späßen aufgelegt ist, rastet ganz ein. Nach kurzer Zeit schiebt sie ihr Glas beiseite, zahlt ihre Rechnung und sagt: «Stimmt so.» Dann verabschiedet sie sich recht oberflächlich von den Anwesenden, zieht ihren blauen Fellmantel über und geht.

«Auf Wiedersehen», ruft Desmond beleidigt.

«Vergiss es», sage ich zu ihm, meine aber eigentlich Ines damit, und die versteht mich auch. Sie lächelt.

Enrique kippt sein Bier hinunter, murmelt, dass er früh rausmüsse, und guckt auf die Uhr. Er guckt allen Ernstes auf die Uhr. Dann legt er Geld auf den Tisch und läuft dem Fellmantel hinterher.

«Prima Abend!», sage ich und bestelle eine Runde Wodka für alle.

Später schaue ich Ines Neisecke an und überlege, wie es wohl wäre, neben ihr in einem Bett zu liegen und mir Sätze mit zwanzig Nebensätzen anzuhören. Aber ich weiß es nicht. Während ich über ihre dünnen Unterarme und ihre abgebissene Zahnreihe nachdenke, beginnt das Tocotronic-T-Shirt wirres Zeug zu reden. Auf einmal sprudelt es nur so aus ihm heraus. Er erzählt von seinem Job, Regieassistent bei irgendeiner Krimiserie, und Desmonds Kopf sinkt langsam auf den Tisch. Wer Hollywood ausspricht, als hätte er heiße Kartoffeln im Mund, höre ich mich einmal sagen, gehört füsiliert, und ich bin ziemlich betrunken jetzt.

Später nehmen wir ein Taxi, und Desmond erklärt mir, wo wir gerade langfahren. Keine Ahnung, warum.

«Am Potsdamer Platz ist ziemlich was los», sagt der Taxifahrer. Ich schaue auf die roten Ziffern des Taxameters. 14,90 DM. Maximilian I. vertreibt die Ungarn aus Niederösterreich. Desmond schüttelt den Kopf und sagt: «Die hat dich aber ganz schön angegraben.»

«Die haben da einen erschossen», sagt der Taxifahrer.

«Angegraben», sage ich. «Was ist denn das für ein Wort?»
«Hast du das nicht bemerkt?», sagt Desmond.
«Meinst du.»
«Sie ist hinreißend, nicht?»
«Erschossen oder da ist eine Bombe hochgegangen, in dieser Promi-Disco.»
«Irgendwie schon», sage ich. «Wie hat sie mich denn angegraben?»

Desmond grinst, aber er antwortet nicht, während Friedrichshain an uns vorbeigondelt. Es ist hier viel dunkler nachts als in jeder anderen Stadt, die ich kenne, und es ist angenehm. Desmond bezahlt den Fahrer, und als wir aussteigen und Desmond in seine Wohnung geht und ich in Anthonys, umarmen wir uns noch einmal.

Bei Anthony suche ich als Erstes meinen Kulturbeutel raus, ein formloses Ding, das sich anfühlt wie Seife. Dann versuche ich mit der Zahnbürste im Mund Erika anzurufen, weil sie mich darum gebeten hatte. Ich lasse es eine halbe Stunde klingeln, aber niemand geht ran, und das ist irgendwie unverständlich. Erika hat gesagt, dass sie in eine Fünfer-WG einzieht, und da müsste eigentlich um vier Uhr morgens jemand zu Hause sein. Zumal Frankfurt ja nun wirklich keine Stadt ist, wo man um die Zeit noch ausgehen kann. Vermutlich besaufen sie sich gerade alle in der riesigen WG-Küche, und die Mitbewohner baggern schon seit zweiundsiebzig Stunden an Erika herum. Sie haben Erika ja vorher nicht gesehen, sie konnten nicht ahnen, was da auf sie zukommt. Dabei haben sie die Musik voll aufgedreht. Oder sie haben das Telefon gleich in den Kühlschrank gestellt. Ich knalle den Hörer auf die Gabel und falle der Länge nach in Anthonys Bett. Ein sauberes Ikea-Fichten-Kinderbett mit gelber Bettwäsche.

8

Ich erwache zwischen lauter Tom-of-Finland-Postern, als das Telefon klingelt. Bei McNeal, sage ich. Aber es ist nur Desmond, der sagt, ich soll zum Frühstück rüberkommen. Beim Anziehen finde ich in meiner Hosentasche einen halben Royal TS. Die Soße ist durchgesuppt, und im Badezimmer über dem Waschbecken wasche ich erst mal das Taschenfutter aus.

Auf der Straße klebt die nasse Tasche an meiner Hüfte, aber ansonsten ist es der perfekte Tag. Die Sonne scheint waagerecht den Bürgersteig entlang. Die Luft ist ganz durchsichtig und ganz kühl, und weit und breit ist niemand zu sehen. Ich nehme mir vor, die nächsten Tage auch wieder so früh aufzustehen. Das ist wirklich sehr schön. Nur die nasse Tasche ärgert mich jetzt unglaublich.

«Die Neisecke hat dir gestern aber ganz schön Angebote gemacht», nimmt Desmond das Thema von letzter Nacht wieder auf, und ich sage: «Was denn für Angebote?»

«Angebote eben», sagt Desmond. Er habe sich die ganze Zeit gefragt, warum ich so abweisend reagiert hätte.

Ich fege einen Stapel Zeitungen vom Küchenstuhl. Desmond hat den Frühstückstisch hergerichtet. Es riecht warm und angemessen, wie es bei mir zu Hause nie riecht, nach ordentlichem Tee und Marmelade und aufgebackenen Brötchen. Ich frühstücke ja schon lange nicht mehr.

«Nicht?», sagt Desmond.

«Halt nicht mein Typ», sage ich, und ich muss mich sehr anstrengen, mich zu erinnern, wie Ines überhaupt ausgesehen hat.

Desmond wirft einen heißen Toast auf meinen Teller und fächelt mit der Hand. Ich erzähle, dass ich mir wahrscheinlich eine Wohnung suchen werde, und er sagt, dass morgen der Tagesspiegel rauskommt und dass da die besseren Wohnungsanzeigen drinstehen als in der Morgenpost. Ich soll auf jeden Fall in den Osten ziehen, eine Altbauwohnung soll ich nehmen, und einen Balkon müsste ich haben. Er ist völlig aus dem Häuschen und meint, das würde aber auch Zeit, dass ich nach Berlin käme. Wir schauen uns den Stadtplan an, der mit Simpsons-Aufklebern an die Küchentür gepappt ist, und Desmond tippt mit dem Marmeladentoast auf dem Plan herum, macht die Stimme von Karl Lagerfeld nach und sagt immer: «Hier kann man hinziehen» und: «Hier nicht.»

Später frage ich aber doch nochmal, wie das denn gelaufen wäre gestern Abend, wo ich schon nichts mehr mitgekriegt habe. Es ist ja nicht so, dass es mich nicht interessiert.

Nach dem Meilenstein, sagt Desmond, hätten wir mit Ines noch in eine andere Kneipe gewollt, hätten aber keine mehr gefunden und seien schließlich bei McDonald's gelandet. Da hätten wir das übliche Zeug geredet, und dann hätte ich gesagt, mein letztes sexuelles Erlebnis sei gewesen, wie mir vor zwei Monaten beim Fußball jemand den Ball in die Eier geschossen habe. Daraufhin habe Ines gesagt, dem ließe sich abhelfen. So ungefähr. Ich weiß nicht, ob Desmond das erfindet. Es stimmt zwar, dass ich mit Erika schon lange nicht mehr geschlafen habe. Aber das mit dem Fußball, das stimmt definitiv nicht.

Als Nächstes gehen wir einkaufen, für die Party. Wir schleppen fünfzehn Bierkästen in den fünften Stock und holen einen ausrangierten Kühlschrank aus dem Keller, in den wir das Bier schichten. Danach muss ich erst mal duschen, so durchgeschwitzt bin ich, und Desmond gibt mir ein trockenes T-Shirt. Auf das T-Shirt ist Marmite-Werbung aufgedruckt. Marmite, das ist so ein Zeug, was man sich in

England aufs Brot schmiert. Ich stehe also nur mit diesem T-Shirt bekleidet in Desmonds Badezimmer und trockne mit einem Handtuch das Wasser aus meinen Ohren, und ich rufe Desmond zu, ob er eigentlich Ines eingeladen hat.

«Ich zeig dir mal das Dach», ruft Desmond zurück.

Über eine schmale Holzleiter im Treppenhaus steigen wir durch eine Luke, die nur durch ein loses Brett geschützt ist, aufs Dach. Ich schwinge mich mit einer Turnübung, die, glaube ich, Hockwende heißt, aus der Luke, und dann stehe ich plötzlich hoch über Friedrichshain. Das Dach ist mit grüner Teerpappe verklebt, und es steigt ein komischer Benzingeruch auf, wegen der Hitze. Man könnte auf die Dächer der umliegenden Häuser steigen, alles Altbauten, fünf oder sechs Stockwerke, ganz Friedrichshain eine einzige begehbare Dachterrasse. Überall liegen Getränkedosen, kaputte Klappstühle und leere Holzkohletüten herum. Es weht kein Wind, obwohl die Bäume in der Entfernung sich bewegen.

«Seltsam», sage ich.

Aus der Straßenschlucht hört man eine Lautsprecherstimme. Desmond zieht mich mit dem Arm an sich, und ich frage ihn, was los ist.

«Nichts.»

Arm in Arm stehen wir da und schauen über die vermatschte Regenrinne in den Hinterhof. Aus dem Schatten steigen andere, kühlere Gerüche auf und vermischen sich mit dem Benzingeruch.

«Klappt's nicht mit Anthony?»

«Doch.»

«Ja?»

«Ja, Mann.»

Zwei winzige Kinder tauchen im Hof auf und versuchen, eine leere Plastiktüte mit einem Band dran in die Luft zu werfen. Das funktioniert nicht, und sie fangen an, unglaublich harmlose 60er-Jahre-Schimpfworte zu schreien. Sie können sich kaum einkriegen vor Lachen. Desmond hält den rechten Arm hoch in die Luft und lässt ihn dann auf seinen Kopf fallen.

«Nimmst du noch Tabletten?», frage ich.
«Nh-nh.»
«Warum nicht?»
«Einfach so.»
«Dann trink doch schon mal ein Bier.»
Ich schaue wieder über die Dächer, die mit ihren Unmengen von Schornsteinen zurückschauen, und ich denke, wie wunderschön das alles eigentlich ist.

Als wir die Leiter hinuntersteigen und ich den Regenschutz über die Luke zerre, frage ich Desmond wieder, ob wir Ines nicht einladen sollten, und Desmond antwortet, dass er ihre Nummer nicht hat. Wir gehen bei Aldi einkaufen, Chips und Käse und so Zeug, und in einer Telefonzelle vor dem Supermarkt schaue ich in den Telefonbüchern nach. Es gibt genau eine Ines Neisecke in Berlin, und die wohnt in Neukölln. Der Anrufbeantworter ist dran. Ich kann die Ansage nicht richtig verstehen, weil gerade ein Lautsprecherwagen vorbeikommt und die letzten Ausläufer der Demo, die für oder gegen die PDS geht, und Desmond die Tür zur Telefonzelle aufhält. Ich sage deshalb nur, wo und wann die Party stattfindet, dass ich mich sehr freuen würde, dass ich auch niemanden kenne, dass es aber bestimmt lustig wird, und als ich auflege, sagt Desmond: «Du hast vergessen, deinen Namen zu sagen.»

Wenn ich jetzt allein wäre, würde ich sofort nochmal anrufen. Aber weil Desmond dabei ist, möchte ich nicht, dass er denkt, dass es mir so wichtig ist, und ich zucke die Schultern.

Am Abend fangen wir an, in einer Art Metallbadewanne Kartoffelsuppe zu kochen. Desmond hat achtzig oder neunzig Leute eingeladen, sagt er. Die ersten Gäste, die kommen, werden alle sehr ausführlich begrüßt und versammeln sich in der Küche. Desmond und ich schmeißen die Unterhaltung, weil wir die Einzigen sind, die sich richtig kennen, und als neun oder zehn Leute da sind, driften die ersten Grüppchen ins Wohnzimmer, und der Fernseher wird laut gestellt.

Es dauert eine Weile, bis das Stimmengemurmel anschwillt. Es bilden sich irrationale Versammlungen, verlagern sich von der Küche in die zwei leergeräumten Zimmer, zurück in den Flur und wieder in die Küche, wie Wolken im Zeitraffer. Die Leute, die an der Haustür klingeln, werden immer betrunkener, und irgendwann bleibt die Tür offen stehen. Nach zwei Stunden ist die Wohnung voll, und ich verlasse meinen Posten in der Küche, um mich umzuschauen. Schöne Frauen sind auch da, und die erste, die mir im Flur begegnet, ist eine mit blauer Perücke und Sonnenbrille. Sie lehnt da, einen Fuß rückwärts an die Wand gestellt.

«Hallo», sagt sie, und mir fällt auf, dass es die Frau von gestern ist, Gina Gershon.

Im Wohnzimmer stehe ich ein bisschen verloren herum, mit einem Cocktail in der Hand, den ein Mädchen, weil keiner mit ihm spricht, in der Küche serienmäßig herstellt. Ich stehe einfach da, und ich habe dieses Gefühl, das man manchmal hat bei solchen Gelegenheiten. Dass man die ungeheure Energieleistung, die erforderlich ist, um sich mit dieser Menschenmenge anzufreunden, gerade nicht aufbringen kann. Je länger ich dastehe, umso schlimmer wird es. Desmond ist als Gastgeber mit diversen Leuten beschäftigt, und ich will auch nicht die ganze Zeit an seinem Rockzipfel hängen. Ines ist natürlich nicht gekommen.

Ich schaue in das kleine Zimmer, wo ein einsamer Kotelettenträger seine mitgebrachten CDs anhört. Wahrscheinlich bin ich einfach noch zu nüchtern für all das. Also gehe ich ins Treppenhaus, fahre die Holzleiter wieder aus und klettere aufs Dach. Die Luft ist wie eine Daunendecke. Ich setze meine Füße ganz behutsam auf die Teerpappe, die an manchen Stellen Blasen gebildet hat und nachgibt, und steige über die Dächer. Der Partylärm verebbt, und ich muss im Dunkeln nur aufpassen, wo ich runterspringe und wo ich mich festhalte. Ein paar Mal stolpere ich über Kabel, die in der Luft hängen, und klammere mich an riesigen Antennen fest, die den Weg versperren, und als ich ein paar hundert Meter weit gekommen bin, hat wahrscheinlich das halbe Viertel keinen Fernsehempfang mehr.

Dann komme ich an eine Straßenschlucht, wo es nicht mehr weitergeht. Auf der anderen Seite liegt der Volkspark Friedrichshain, und die Wipfel der Bäume sehen aus wie kleine Fähnchen. Ich setze mich gegen einen Schornstein, hänge meine Füße über den Rand und rauche ein bisschen Gras, das ich Desmond geklaut habe.

Wenn ich nachher vom Dach falle, wird Desmond es frühestens morgen erfahren, und die Party wird meinetwegen nicht gestört. Ich stelle mir vor, wie zermanscht ich da unten ankomme – und das erinnert mich wieder an diesen Hund, den ich mal zermanscht habe. Als ich Nachtschicht bei der Post war, Zugverladung. Den ganzen letzten Winter habe ich in so einer Art Polarnacht gelebt. Man stand von abends bis morgens auf dem Gleis, hat im Eiltempo die Säcke aus den Waggons in diese gelben Stahlanhänger geschmissen, ist hinterhergesprungen und wurde vom Elektrokarren zur Sortierhalle gezogen. Dabei ist natürlich alles kaputtgegangen. Da lagen dann die Würste auf dem Bahnsteig oder Schallplatten oder Socken, und man hat alles wieder in die Pakete reingestopft, oder auch nicht.

Am schlimmsten waren aber, wie gesagt, die Tiere. Die kamen immer dienstags. In speziellen Pappkartons mit

Luftlöchern und Stroh drin und Wasser. Das waren Katalogbestellungen, die waren zweieinhalb Tage unterwegs, und natürlich waren die auch gekennzeichnet, die Tiere, und wurden vorsichtig verladen und nicht rumgeschmissen. Man konnte die Kartons oben auffalten, und dann konnte man fünf Minuten lang kleine, verstrubbelte Hunde streicheln, den Karton wieder zufalten und in den Nulluhrdreißiger nach Passau hieven.

Einmal ist es mir passiert, da habe ich einen Karton hochgehoben wie eine Käseglocke, und unten saß der Hund auf dem Bahnsteig. Der hatte einfach seinen Pappboden durchgepisst. Er ist runter ins Gleis in seiner Aufregung, und vier erwachsene Postarbeiter hinter ihm her. Aber der Hund war schneller, und dann hat ihn eine Rangierlok erwischt, und ich habe einen furchtbaren Anschiss vom Dienstregler bekommen. Der oberste Chef heißt da nämlich Dienstregler. Da kann man schon sehen, was für ein Unternehmen das ist. Und dieser Dienstregler hatte mich sowieso immer im Verdacht, dass ich Unfug mache in seinen blöden Postwaggons, nachts, wenn keiner hinguckt. Aber mit dem Hund, da hat er sich halt getäuscht.

Schlimm waren auch die Schulklassen. Die kamen jede dritte Nacht. Gleis 21, Warten auf den Bummelzug, und dann kommt am Gegengleis eine johlende Klassenfahrt im Intercity aus Hannover oder wo. Eine Butterstulle an der Scheibe, Wu-Tang Clan vom Kassettenrecorder, die Stimme des Lehrers, kurz geguckt, wo sind wir überhaupt, großes Spektakel – und dann steht man da: Auge in Auge, drei Minuten, während der Zug hält. Ich habe immer versucht abzuschätzen, wie ich auf diese Schulklasse wohl wirke, die da gerade nach Bozen aufbricht oder nach Sterzing, zum Skilaufen. Ich habe mich in den Scheiben des Zuges gespiegelt, ich habe mich gesehen in meinem komischen Postarbeiterblaumann, und das hat mir gefallen. Ich hätte ja auch was anderes anziehen können, das war nicht vorgeschrieben. Aber es hat mir gefallen, diesen asozialen Blaumann zu tragen. Die Schulklasse hat rausgeguckt, sie haben mich auch gesehen: ein Postarbeiter auf dem Bahnsteig bei Nacht, völlig besoffen, der sich nicht auf den Beinen halten kann, der plötzlich umfällt und auf allen vieren über den Bahnsteig kriecht und Marschlieder singt.

Manchmal habe ich gezittert vor Aufregung. Ich weiß nicht, warum. Wahrscheinlich wollte ich ihnen einfach was bieten. Ich habe versucht, ein Teil ihrer Erinnerung zu werden, etwas, das einprägsamer war als ihr dämliches Skigelaufe, die Dorfdiscos und das ganze vorhersehbare Zeug. Ich glaube, ich bin sogar ein Schreckbild gewesen für viele dieser Schulklassen. Die haben da richtig sehen können an mir, wo sie auch einmal enden werden vielleicht und wie schnell das geht.

Einmal hat mich ein Mädchen angesprochen. Sie hat das IC-Fenster runtergestoßen und gerufen: Was machst du da? Aber ich habe nicht geantwortet. Ich wusste nicht, was ich antworten sollte.

Hinter mir höre ich Schritte, und ich denke, wahrscheinlich kommt jetzt jemand, um sich über seine abgebrochene Antenne zu beschweren. Neben dem Schornstein taucht eine Frau auf und atmet den Rauch ein.

«Gehörst du auch zu dieser Party?», fragt sie und streckt einen Arm in eine Richtung aus, die ich für die falsche halte. Sie steht vor einem erleuchteten Hinterhof, und ich kann im Gegenlicht nicht viel erkennen. Eine Trainingshose, wie junge Türkinnen in Neukölln sie tragen, Plateauturnschuhe und was Nabelfreies. An den Oberarmen richtige Bizepse. Mit Sicherheit eine Türkin. Ich halte ihr den Joint hin. Sie setzt sich neben mich, liest mein Marmite-T-Shirt und sagt: «Ah, du bist der Freund von Desmond.»

«Nicht *der* Freund von Desmond», sage ich.

«Ich weiß schon», sagt sie, «der andere.»

Ich muss auf einmal sehr kichern, wie sie das sagt: der andere, und sie kichert auch. Sie erzählt, dass Desmond gerade einen Mann rausgeworfen hat, und ich muss noch mehr kichern. Das macht Desmond öfter. Auf einer Studentenparty in München hat er mal einen – na ja – Freund rausgeschmissen, weil der unbedingt die Aktienkurse schauen musste. Das heißt, zuerst hat er ihm einfach die Fernbedienung weggenommen und hinter den Kühlschrank geworfen. Und als das nichts half, hat er den über den Kühlschrank baumelnden Mann mit Bier übergossen. Und als dann immer noch keine Ruhe war, hat er ihn an einem Fuß durch die Gegend geschleift und rausgeschmissen. Der Mann hat dadurch natürlich ein Millionenvermögen verloren, und danach galt Desmond im Studentenwohnheim komischerweise als untragbar. Dabei ist das bei Desmond noch nicht mal Antikapitalismus oder so was, das ist einfach nur – keine Ahnung. Seine viktorianische Erziehung wahrscheinlich.

Was diesmal der Grund für den Rausschmiss war, kann mir die Türkin aber auch nicht sagen. Nur dass es weniger gewaltsam war. Der Schornstein ist nicht breit genug, dass zwei Rücken daran Platz haben, und deshalb lehnt sie sich ein bisschen an mich. Es ist aber nicht wirklich aufregend.

Als wir fertig geraucht haben, bleiben wir noch eine Weile schweigend sitzen, und dann gehen wir zurück. In Desmonds Wohnung ist mittlerweile kein Durchkommen mehr. Die Haustür wird blockiert von zwei Männern in dunkelblauen Anzügen, die ein bisschen zu intellektuell aussehen. «Eisenman hat geantwortet», sagt der eine gerade, und ich sage: «Entschuldigung.»

Ich steige über ein paar Leute hinweg, die auf dem Boden liegen, und dann kriege ich fast die Klotür an den Kopf. Ein Bartträger drängelt sich ins Klo, und ein Mädchen, das anscheinend schon länger wartet, protestiert nicht einmal. Sie hat ganz lange braune Haare und einen merkwürdigen Blick. Ich bleibe irgendwie stehen, weil ich auch aufs Klo muss, und es dauert eine Weile, bis mir auffällt, was mit dem Mädchen nicht stimmt. Sie hat Arme wie dürre Äste, mit riesigen Knubbeln an den Gelenken. Sie wiegt höchstens fünfunddreißig Kilo, die ganze Person. Ihre Hose wirft grässliche Blasen am Po. Ich kann mir nicht helfen, aber ich finde das dermaßen albern. Wenn man unbedingt geisteskrank sein will, muss es immer dieser Blödsinn sein? Ich meine, ich weiß natürlich auch, dass man sich das nicht aussuchen kann, ob man jetzt Paranoia kriegt oder Tourette-Syndrom oder irgendetwas Anständiges. Aber Magersucht. Bei Magersucht fallen mir immer nur so Luxusfamilien mit Reitpferden ein, und ich kann das irgendwie nicht ernst nehmen. Davon mal ganz abgesehen sieht es scheiße aus.

Als der Bart wieder rauskommt, gehe ich ins Klo, und dann sehe ich, dass er das ganze Klo vollgekotzt hat, ohne die Spülung zu betätigen. Ich gehe sofort wieder raus, und das magersüchtige Mädchen geht rein, und dann muss ich auf einmal ganz entsetzlich lachen bei der Vorstellung, wie sie da jetzt ins Klo kommt und die Kloschüssel sieht und einen wahnsinnigen Anfall von Eifersucht erleidet, weil sie merkt, dass da einer viel größere Mengen erbrechen konnte als sie. So denken Magersüchtige ja immer, ich hab da mal einen Film drüber gesehen.

Ich hole mir noch ein Bier, und als ich mit dem Bier in der Hand herumlaufe, treffe ich plötzlich Ines Neisecke. Sie steigt die obersten Stufen im Treppenhaus hinauf, und als sie mich sieht, sagt sie, sie habe sich gleich gedacht, wer da angerufen hat. Sie habe sich sehr gefreut. Und sie gähnt.

Ich gehe mit ihr zum Kühlschrank, wo das Bier ist, und dann weiß ich auch nicht, wo ich weitermachen soll, und deshalb zeige ich ihr das Dach. Dort ist es inzwischen voll geworden. Dunkle Schatten sitzen auf einem Mauervorsprung zwischen unserem und dem Nachbarhaus, und über ihnen, das kann man gar nicht anders sagen, über ihnen funkeln die Sterne.

«Seltsam», sagt Ines.

Von unten ist Drum 'n' Bass zu hören. Eine Bierflasche rollt über die Kante und zerschellt nach einigen Sekunden im Hinterhof.

«Das ist nicht so gut», sagt ein Mann, der am Rand steht und hinunterpinkelt. Der Mann kommt mir irgendwie bekannt vor. Das ist dieser Stalinist, glaube ich, der die Enthüllungen über Joschka Fischer veröffentlicht hat, und ich finde es merkwürdig, dass der hier einfach so vom Dach herunterpinkelt.

«Man kann da auch weitergehen», sage ich zu Ines, «bis dort zu den Bäumen.»

Wir klettern auf das nächste Dach und aufs übernächste. Ines macht Ah und Oh, aber so schön wie vorhin, als ich allein war, so ruhig und so friedlich und so strahlend ist es nicht mehr, und ich bekomme das Gefühl, versagt zu haben. Wir sind fast am Schornstein angelangt, wo ich vorhin gesessen habe, da ertönt hinter uns ein Schrei, gefolgt von absoluter Stille. Ganz klar und ganz fern hört man noch den Bass mit 120 beats per minute. Der Rhythmus akzentuiert etwas, was gar nicht mehr da ist, denke ich, aber das denke ich vermutlich auch nur, weil ich zu viel geraucht habe.

«Peng», sagt Ines.

Als wir zurückkommen, haben die Leute ihre Handys längst wieder eingesteckt. Ich bin erstaunt, wie schnell das geht. An der Stelle, wo die Person abgestürzt ist, beugen sich zwanzig Leute über den Rand. Einige werden von hinten von anderen festgehalten. Aber man kann nichts erkennen. Am Rand beginnt eine zwei Meter lange Schräge aus Dachziegeln, die den direkten Blick in den Abgrund verstellt, und es ist ganz unangenehm, da runterzuschauen und nicht runterschauen zu können. Als würde einem ein Wort nicht einfallen, das einem seit Tagen auf der Zunge liegt.

Endlich ruft jemand, der auf das Nachbardach geklettert ist: «Auf dem Balkon!»

Einige Leute setzen sich in Bewegung, um ebenfalls auf das andere Dach zu steigen, wo die Aussicht besser ist, und eine Frau sagt, wie widerlich sie das findet, diese Schaulust. Sie hat ganz schmale Lippen und einen Skinhead-Haarschnitt.

Ich steige mit Ines auf das Nachbardach. Von dort aus sehen wir in den Hinterhof. Ganz unten stehen Fahrräder an das Metallgitter eines Kelleraufgangs gekettet, und auf dem Metallgitter sind Eisenspitzen obendrauf. Darüber erhebt sich eine Säule von vier Balkonen. Aus dem obersten Balkon ragen zwei Füße mit Trainingshose und Plateauturnschuhen. Der Rumpf hängt innen und ist nicht zu sehen. Der rechte Fuß zuckt.

«Er lebt», sagt einer.

«Reflexe», ein anderer.

«Das ist eine Frau», sage ich. «Sie hat zu viel gekifft.»

Im gleichen Moment kommt ein Mädchen aufs Dach und erklärt, dass in der Wohnung unten niemand öffnet. Es wird diskutiert, ob man die Tür aufbrechen soll, und dann ist in weiter Ferne die Sirene der Feuerwehr zu hören.

«Mein Gott, mach doch wenigstens die Musik da unten aus, du Wichser!», ruft die Skinhead-Frau, die als Einzige noch auf dem anderen Dach steht. Was für eine blöde Kuh, denke ich, und dann fällt mir ein, dass Ines jetzt dasselbe denkt wie ich. Und weil sie genau dasselbe denkt, bekomme ich so ein komisches Gefühl, als ob in meinem Inneren etwas umklappt. Schwer zu beschreiben. Als ob eine Trennwand zwischen mir und Ines entfernt worden ist. Aber vielleicht ist das nur Einbildung. Ich weiß ja nicht wirklich, was sie denkt.

Dann werden die Beine auf dem Balkon eingezogen. Man sieht eine Weile nichts, dann taucht das Mädchen über der Balkonbrüstung langsam auf, diesmal mit dem Gesicht voran, und sie lacht ganz verlegen, als sie uns sieht. Als wäre ihr das peinlich, so viel Aufmerksamkeit erregt zu haben. Sie ist völlig breit.

Als wir wieder in Desmonds Wohnung gehen, ist kaum noch jemand da, weil sich alle die Rettungsaktion angucken. Desmond steht in der Küche und füllt zwei Polizisten, die vor ihm stehen wie Käthe-Kollwitz-Kinder, Suppe auf die Teller. Der eine schaut aus dem Fenster, wo die Feuerwehrleiter hochgeschraubt wird. Beide Polizisten sind sehr jung und sehr höflich, und ich denke, wie gut das ist, dass man, wenn man älter wird und einen anständigen Haarschnitt hat, nicht mehr moralisch von ihnen belehrt wird.

Ich setze mich mit Ines ins Wohnzimmer, und Ines dreht die Musik wieder an. Auch als die Leute in die Wohnung zurückströmen, bleiben wir da sitzen, reden und reden, und holen nur ab und zu neue Getränke. Irgendwann kommt Desmond, und ich frage ihn, wen er da vorhin rausgeschmissen hat, aber da ist er schon in ein Gespräch mit Ines vertieft, und die beiden verschwinden im Flur.

Ich sitze eine Weile benommen da. Ich beobachte die Tänzer, die nicht tanzen können, also alle eigentlich. Wenn man über dreißig ist, sollte man wahrscheinlich nicht mehr tanzen. Als es mir langweilig wird, mache ich mich auf die Suche nach Ines, und ich merke beim Gehen, wie schwer mir das schon fällt. Die Tür zu Desmonds Zimmer ist ein bisschen offen. Ich schaue da rein, ins Dunkel, und ich kann erst nichts erkennen, und dann sehe ich jemanden auf dem Bett liegen, eine Frau. Sie liegt auf dem Rücken, beide Arme an den Körper gepresst, und ein schmaler Streifen verkrusteten Bluts läuft ihr Nasenflügel entlang. «Stör ich?», sage ich und setze mich aufs Bett. Es ist die Türkin. Sie nimmt meine Hand.

«Wie im Film», sagt sie.

«Tut es noch weh?»

Ich weiß auch nicht, was ich mit ihrer Hand soll, also streichle ich sie ein bisschen, aber ich komme mir komisch dabei vor. Die Hand ist ganz rau, als ob sie auf dem Bau arbeiten würde oder den ganzen Tag abwaschen.

«Kann ich dir vielleicht irgendetwas bringen?»

«Nein. Ich muss mich nur ausruhen. Oder doch, ich hätte gern so eine Tablette. Der Typ mit dem karierten Jackett hat die.»

«Ich schau mal.»

Ich bleibe aber noch sitzen und starre auf das Blut, das ein Semikolon unter ihrer Nase macht, was mich ein bisschen beunruhigt. Semikola sind ja bekanntlich noch viel trauriger als jeder Gedankenstrich oder Punkt. Dann mache ich mich auf die Suche nach dem karierten Jackett. Ich laufe überall herum, erfolglos, und dann fällt mir ein, dass ich jetzt gerne wieder einen von diesen Cocktails hätte.

Gina Gershon, die in der Küchentür lehnt, sagt: «Es ist schlimm, aber ich kriege jeden, den ich will», und sie sagt es zu zwei Männern, die an ihr herumstehen wie Türflügel.

«Versuch's mal bei mir», sage ich. Ich suche im Kühlschrank nach Eiswürfeln.

«Wieso, bist du schwul oder was?», ruft sie nach zwanzig Sekunden.

«Nicht dass ich wüsste.»

«Sondern?»

Da fällt mir nichts mehr ein. Das ist wirklich ein furchtbar dämliches Gespräch, und ich tue einfach so, als hätte ich es nicht gehört.

Im anderen Zimmer wird jetzt noch heftiger getanzt, und zwar richtig mit Kreischen und ironische Bewegungen machen und allem. Ines steht am Rand, hält ein Nutella-

Brot fest und schaut sich um. Als sie mich bemerkt, geht ein Strahlen über ihr Gesicht. Zumindest habe ich das Gefühl, als ob ein Strahlen über ihr Gesicht geht. Sie sagt, dass sie ein bisschen frische Luft vertragen könnte. Ich gehe wieder in das kleine Zimmer, um der Türkin zu sagen, dass ich den karierten Mann nicht finden kann, und da ist das Bett auf einmal leer. Ich weiß nicht, wie viel Zeit vergangen ist. So sieht ein Filmriss von innen aus, denke ich, und ich lege mich in das Bett.

Als ich zurückkomme, ist Ines verschwunden, und ich fürchte schon, sie könnte gegangen sein. Aber dann finde ich sie an der Wohnungstür mit diesen beiden Männern in den dunkelblauen Anzügen. Sie unterhalten sich noch immer über das Holocaust-Denkmal. Also haben sie wohl was damit zu tun, denke ich.

«Enorme Kosten», sagt der eine.

Ines hat ihre Hand auf seinem Unterarm, was mich nicht wirklich glücklich macht, und sie redet allen Ernstes mit diesen Männern. Sie scheint sie zu kennen. Zumindest den einen. Ich höre erst gar nicht hin, weil mir das zu blöd ist, aber dann höre ich doch hin, weil der Ältere plötzlich so einen forschenden Gesichtsausdruck bekommt. Er hat gerade gesagt, am Ende müsse man noch einen Sponsor mit ins Boot holen, und Ines hat geantwortet, das wäre eine ganz hervorragende Idee. Marlboro am besten, dann könnte man sich dieses ganze Gebastel sparen und einfach sechs Millionen unausgeleerter Aschenbecher da hinstellen. Die beiden Männer reagieren nicht, nur der eine bekommt, wie gesagt, dieses forschende Gesicht, und ich nehme Ines am Arm und ziehe sie zu der Holzleiter, die aufs Dach führt.

Das Dach hat sich mittlerweile fast geleert. Die meisten Leute sind nach Hause gegangen. Wir laufen noch einmal ein bisschen herum, schauen in jede Himmelsrichtung, und ich höre meinen eigenen Atem. Ich bin verdammt kurzatmig geworden, seit ich nicht mehr arbeite. Der Mond ist als Widerschein hinter einem Dach zu sehen, die Spitze des Funkturms am Alexanderplatz steckt in den Wolken. Ines und ich stehen ganz dicht beieinander.

«Ich will jetzt küssen», sage ich.

«Okay», sagt Ines.

Wir küssen nicht sehr lange, und mir fällt ein, dass ich Ines auch nicht wirklich küssen wollte. Es war mehr so ein Pflichtgefühl, eine Betrunkenheitsküsserei. Schließlich hatte ich sie eingeladen, und wir haben uns den ganzen Abend gut miteinander unterhalten.

«Lass uns gehen», sagt Ines.

Ich mache bei Desmond die Musik aus, ziehe die Haustür zu und laufe hinter Ines die Treppe hinunter. Die Schritte hallen dumpf an mein Ohr, vor dem großen kosmischen Hintergrundrauschen. Unten schließt Ines ihr Fahrrad auf, steckt das Schloss in die Rahmenhalterung und schaut mich an.

«Ich muss jetzt da lang», sagt sie und nickt mit dem Kopf nach links.

«Ich da», sage ich.

Wir sehen uns eine Weile an, aber keiner bewegt sich, und dann gehe ich in Richtung von Anthonys Wohnung, ohne mich umzudrehen. Erst vor der Haustür drehe ich mich um, und ich sehe Ines als zwei kleine Punkte auf zwei kleinen Rennrädern am Ende der Straße und wüsste jetzt doch gern, ob sie sich auch umgedreht hat.

9

Ich stehe im Badezimmer und schaue auf die perlmuttfarbene Wand, in der ein Loch von der Größe einer Kinderfaust ist. Durch das Loch hindurch kann ich in die Küche sehen. Die Mittagssonne scheint auf grüne Wandfliesen, ich höre Stimmengemurmel, und dann taucht da plötzlich ein Auge auf und starrt mich an. Ein Auge, die Nase, das zweite Auge. Auf der anderen Seite wird leise gekichert. Weiter oben sind noch mehr Löcher in der Wand, alle ungefähr gleich groß, und einen Meter weiter rechts ebenfalls.

Ich gehe in die Küche, und der Makler erklärt, dass bis heute Morgen noch jemand hier gewohnt hat. Das Räumkommando habe es eilig gehabt, da habe man dann die Regale aus der Wand gerissen, aber mit ein bisschen Moltofill sei das kein Problem. Von der anderen Seite streckt jemand die Hand durch ein Loch.

In zwei Zimmern steht Wasser in den Ecken, im Flur liegt verrutschte Auslegware, nur in einem Zimmer gibt es eine Gasheizung. Aber die Lage ist schön. Man hat Ausblick auf eine Wiese und einen blauweiß bewimpelten Gebrauchtwagenhändler dahinter. Ich lasse mir einen Kugelschreiber geben und fülle das Formular aus. Ich trage Anthonys Telefonnummer ein. Zwei andere Leute schreiben auch. Die restlichen dreißig stehen nur herum, untersuchen den Zustand der Fensterrahmen, machen den Kohleofen auf und zu und verlassen nach und nach die Wohnung.

Ich bin schon den ganzen Morgen unterwegs. Alles andere, was ich gesehen habe, war noch schlimmer. Aber das hier geht eigentlich. Außer dass es eine ziemlich asoziale Gegend ist und die Leute ihre Regale zu fest mit der Wand verschrauben. Der Makler nimmt meinen Fragebogen, runzelt die Stirn und sagt, dass ich unter diesen Umständen einen Bürgen bräuchte, und da, und wirklich erst da, fällt mir auf, wie blödsinnig das alles ist. Da habe ich vorher gar nicht drüber nachgedacht. Ich habe keinen Einkommensnachweis, und ich kenne auch niemanden, der für mich bürgen könnte. Der Einzige, den ich kenne, ist mein Bruder, und das ist nun wirklich der Letzte, den ich fragen würde.

«Kein Problem», sage ich.

«Sehr gut», sagt der Makler und zwinkert mit seinen Speckaugen. Und dann leiser: «Ich rufe Sie heute Abend an.»

Er scheint mich für den vertrauenswürdigsten Bewerber zu halten, was eigentlich nur bedeuten kann, dass er überhaupt keine Menschenkenntnis hat oder, wahrscheinlicher, dass diese Wohnung das Allerletzte ist. Da bin ich fast erleichtert, kein Einkommen nachweisen zu können.

Ich gehe die Finnländische Straße runter. Ein Mann überholt mich, dem ich heute schon bei anderen Wohnungsbesichtigungen begegnet bin.

«Nicht so einfach, was?», sagt er.

Er hat ein irres Grinsen im Gesicht, und mir fällt ein, dass er aussieht wie dieser Schriftsteller, der in Klagenfurt mal geblutet hat. Wir unterhalten uns über Wohnungen, und er erzählt mir ohne Punkt und Komma, was er alles erlebt hat mit Einbauküchen und kaputten Heizungen, und es ist ein ganz nettes Gespräch eigentlich. Nur dass ich hinterher den Eindruck habe, es könne doch nicht dieser Schriftsteller gewesen sein, weil er über überhaupt nichts anderes geredet hat. Er verabschiedet sich von mir, als seien wir schon seit Jahren die besten Freunde, schüttelt meine Hand und lächelt sein irres Lächeln.

In Friedrichshain gehe ich als Erstes zu Desmond, der

noch im Bett liegt, um ihm beim Aufräumen zu helfen. Er ist völlig verkatert von gestern und kann sich nur sehr minimalistisch bewegen. Nachdem wir alle Bierflaschen auf dem Dach eingesammelt haben, fehlt ein ganzer Kasten Leergut. Desmond setzt sich auf einen Schornstein.

«Hoffentlich sind die nicht alle da runtergefallen», sagt er. «Was ist eigentlich noch mit diesem Mädchen passiert?»

«Ich habe sie noch in deinem Bett gesehen», sage ich, bin mir aber im selben Moment nicht mehr sicher.

«Dann sind die Blutflecken nicht von mir?»

Schließlich schickt Desmond mich weg, weil er an der Doktorarbeit weiterschreiben muss. Ich bin nicht einmal dazu gekommen, ihm zu erzählen, wie die Geschichte mit Ines ausgegangen ist. Eigentlich will ich Ines sofort anrufen, aber das ist wahrscheinlich keine besonders gute Idee, am frühen Nachmittag. Mir ist auch immer noch ein bisschen schwummerig. Also gehe ich zu Anthony und setze mich in seine Badewanne. Ich bade sonst eher selten, aber der Schlauch von Anthonys Duschbrause ist abgerissen. Während ich im warmen Wasser liege, denke ich darüber nach, wie das gestern eigentlich war, mit Ines, und ich komme zu dem Ergebnis, dass es ganz okay war. Nur der Abschied ein bisschen seltsam. Aber ich könnte nicht sagen, an wem das gelegen hat, an Ines oder an mir.

Auf einem Regal über der Badewanne steht ein kleines Transistorradio. Ich knipse es an und höre die Hits der 70er, 80er und 90er. Wobei mir einfällt, dass ich gar nicht weiß, warum das Transistorradio heißt. Ich meine, ob die Dinger heute keinen Transistor mehr haben. Aber es ist so ein altes, stromlinienförmiges Gerät, und dann sagt man wohl Transistor. Es sieht etwas unbeholfen aus, wie es da auf dem Regal steht, und das erinnert mich wieder an Lottmann. Lottmann, mein Kollege. So stand Lottmann immer auf dem Gleis, wenn er den Sprung in den Elektrokarren verpasst hatte. Er verpasste jedes Mal den Sprung. Dann schaute er uns nach und lächelte, als würde ihm das nichts ausmachen, dass wir ohne ihn davonfuhren. Lottmann war der ganz große Außenseiter, da auf der Nachtschicht. Lottmann hatte Haare, die klebten am Kopf wie aufgemalt, riesige Hände und Füße, hart am Chromosomenschaden vorbei. Keiner hat ihn für voll genommen. Nicht mal geredet hat einer mit ihm. Lottmann hat ordentlich gearbeitet, aber wenn er reden wollte, ist er fahrig geworden und hat gespeichelt und gekeucht, weil er sich die Luft nicht einteilen konnte, wie ein Kind, und dann hat einer gesagt: «Ist gut, Lottmann», und Lottmann ist still gewesen. Ich war der Einzige, der das nicht gesagt hat, und da ist er dann immer angeschissen gekommen und hat mir ins Gesicht gespuckt und gekeucht, und ich hab auch ein bisschen gespuckt, damit er sich nichts dabei denkt.

Lottmann war Ende dreißig, und schlimmer als dieses Gespucke war natürlich die Tatsache, dass er noch bei seinen Eltern gewohnt hat. Obwohl das ja neuerdings auch wieder salonfähig wird. Dieser blonde Marienhof- oder GZSZ-Star, der jetzt Schauspieler oder Sänger werden will, der sagt das auch immer, dass er noch bei seiner Mutti wohnt und dass das voll okay geht. Aber bei Lottmann ging es eben nicht voll okay.

Eines Nachts habe ich Lottmann zu lange zugehört, und da geschah dann das Wunder. Nach zehn Minuten hörte der Speichelfluss nämlich auf, und Lottmann redete fast normal, und man hat gemerkt, dass er einfach immer nur furchtbar aufgeregt war, wenn er sprechen musste. Von da an bin ich ihn überhaupt nicht mehr losgeworden. Er hat dann, nach dieser Zehn-Minuten-Aufregung, die er nie überspringen konnte, ganz vernünftige Dinge gesagt. Dass er Mercedes und Porsche mag, aber BMW nicht, und warum er Greenpeace scheiße findet, so was halt. Einmal hat er mir erzählt, dass er immer Platon und Aristoteles liest. Platon und Aristoteles?, habe ich gefragt, und er hat gesagt, ja, die alten Griechen. Ich selbst hab die nicht gelesen, aber ich glaube, sie sind wahnsinnig kompliziert und langweilig. Und Lottmann konnte kaum sprechen, er hatte den Hauptschulabschluss nicht geschafft, und er hatte das alles gelesen. Was anderes hat ihn überhaupt nicht interessiert.

Seinen ganzen Lohn hat er für eine Eigentumswohnung gespart. Er hatte irgendwie die Vorstellung, wenn er erst eine Eigentumswohnung hat, dann klappt das auch mit dem Rest, also mit den Frauen. Das hat er natürlich nicht gesagt. Aber gedacht hat er das. Ich hab nächtelang versucht, ihm klarzumachen, dass er dazu zuerst bei seinen Eltern rausmuss, aber da war nichts zu machen. Lottmann hatte diesen einen Lebensplan gefasst, und er konnte da nicht von abweichen. Schließlich, als alles nichts fruchtete, habe ich angefangen, ihn mit seinen komischen Hausbauplänen aufzuziehen, und er hat gelacht. Er war natürlich vollkommen humorresistent.

Irgendwann hörte er dann auf zu arbeiten. Wenn wir die Säcke aus den Waggons schmissen, stand Lottmann in einer Ecke und hat mit dem Kopf die Flugbahn der Säcke nachgemacht. Eine Weile haben ihn die anderen noch gedeckt, aber nicht mehr lange, und er ist gefeuert worden. Da war dann Schluss mit Eigentumswohnung.

Als sie im Radio eins von Whitney Houstons Stöhnliedern spielen, steige ich aus der Wanne. Ich trockne mich ab, und dabei bekomme ich eine Gänsehaut auf Armen und Beinen. Meine Hände zittern, und mir wird schwindlig, und ich muss mich auf den Badewannenrand setzen. Ich sehe, wie der Wasserstrudel in den Abfluss kreiselt und dabei kleine Schmutzteile und Schaumbläschen verschluckt. Als das Wasser fast ganz abgelaufen ist, verliere ich das Gleichgewicht und falle rückwärts in die Wanne. Ich haue mit dem Kopf gegen das Regal, und das Transistorradio kommt neben mir runter und zerspringt.

«Bye bye, Whitney Houston», sage ich leise.

Wenn ich allein bin und mich niemand hören kann, sage ich öfter solche bescheuerten Sätze. Ich hab schon mal versucht, das abzustellen, aber es geht nicht. Außerdem tut jetzt mein Kopf weh. Ich liege quer in der Wanne, und ein Plastiksplitter vom Radio liegt auf meinem Bauch, und mein Bauch sieht hässlich und zusammengeschrumpelt aus. Ich schiebe den Plastiksplitter in meinen Bauchnabel, und ich muss daran denken, wann ich eigentlich zum letzten Mal überhaupt keine Schmerzen hatte. Ich meine, wann ich zum letzten Mal so richtig klar im Kopf war. Also *richtig klar*, wie als Kind, wenn man morgens an einem Sonntag erwacht, wenn noch die Jalousie heruntergelassen ist und das Licht ganz dämmerig, und ich weiß es nicht. Das ist ein bisschen deprimierend.

«Du hast Glück», sagt Ines, «ich bin normalerweise nie zu Hause.» Sie klingt nicht gerade begeistert. Sie klingt auch nicht, als wolle sie mit mir über gestern Abend reden. Ich frage sie, ob sie gut heimgekommen ist und solche Sachen, und sie gibt Ein-Wort-Antworten. Dann schweigen wir lange und unangenehm, und ich ziehe das Handtuch um meine Hüften zurecht. Ich erzähle, dass ich auf Wohnungssuche war, dass das sehr anstrengend war, und ob sie nicht heute Abend mit mir was essen gehen will. Das ist sehr direkt gefragt, weil ich ein bisschen aufgeregt bin. Ich höre zehn Sekunden lang nichts, und dann höre ich das Klackern von Computertasten.

Mit Leuten zu telefonieren, die nebenbei E-Mails schreiben, ist das Letzte. Das Allerletzte. Ich will schon fast auflegen, da sagt Ines: «Wir könnten uns in der Ankerklause treffen.»

«Okay», sage ich. «Ankerklause.»

Die Ankerklause ist so ein Lokal am Maybachufer. Das kenne ich noch, weil das vor ein paar Jahren mal sehr in war, obwohl ich nie herausgefunden habe, was an dieser Ankerklause nun das Tolle war. Ich gehe in den Supermarkt einkaufen, weil ich den ganzen Tag noch nichts gegessen habe, und dann stehe ich in Anthonys Küche und überlege, ob ich wirklich vorher kochen soll. Das ist ja alles doch sehr schwachsinnig.

Ich weiß nicht, wann ich mich das letzte Mal mit einer Frau verabredet habe, die ich überhaupt nicht kannte. Ich glaube, ich habe so etwas sogar noch nie gemacht. Jedenfalls nicht so. Auf einer Party ist das was anderes. Aber unter vier Augen, wenn wir nachher kein Gesprächsthema finden, das kann ein ganz schön schlimmer Abend werden. Ich sollte Desmond mitnehmen, denke ich. Falls Desmond nachher zu gebrauchen ist. Es ist noch zwei Stunden hin bis zu meinem Rendezvous, und ich bin viel zu früh fertig.

Ich rufe bei Desmond an, aber er nimmt nicht ab. Ich kratze mich am Hals. Ich habe meine zwei Hosen und zwei Hemden in allen vier Kombinationen ausprobiert. Dann bleibt mir noch eine Stunde, in der ich es nicht schaffe, irgendetwas Sinnvolles zu tun, und ich mache den Fernseher an. Auf RTL 2 kommt gerade eine Reportage, die *Exclusiv Spezial* oder so heißt, und da geht es um den richtigen Flirt. Zwei Hauptdarsteller, beide ganz offensichtlich nicht wegen ihres schauspielerischen Talents gecastet, spielen alle Phasen des Kennenlernens durch. Blickkontakt herstellen, nicht zu schnell rangehen, Komplimente machen, Haltungsecho, nicht zu viele Blumensträuße täglich, rosa Kerzen auf den Tisch, keinen Fick in der ersten Nacht. Und das alles von zwei Leuten vorexerziert, die Körper haben, die jeden Flirt überflüssig machen.

Als die Sendung zu Ende ist, gehe ich los, und ich denke:

Prima, alles falsch gemacht. Ich bin in geradezu euphorischer Stimmung. Bevor ich gehe, kontrolliere ich im Spiegel noch einmal mein Gesicht, und da sehe ich, rechts an meinem Hals ist die Haut rot und zerkratzt. Es hat auch ein bisschen geblutet. Ich ziehe den Hemdkragen herunter. Neurodermitis. Ungefähr einmal im Jahr habe ich noch so einen Rückfall. Wenn ich das nicht rechtzeitig merke und daran herumkratze, ist das wochenlang zu sehen. Für einen Moment überlege ich, das Treffen mit Ines wieder abzusagen.

Während ich auf die Straße gehe, betaste ich dauernd meine Haut. Es juckt entsetzlich. Ich denke daran, dass ich Ines ja am Anfang nicht besonders attraktiv fand und dass es vielleicht nicht ganz so schlimm ist, entstellt zu sein, als wenn ich mit einer superattraktiven Frau verabredet wäre. Aber dann fällt mir ein, dass ich gestern schon dachte, Ines sei wirklich *sehr* amüsant. Und intelligent. Also wahrscheinlich auch attraktiv. Mit anderen Worten, dass es zu spät ist für solche Relativierungen.

In der U-Bahn bekomme ich ein ganz mulmiges Gefühl in der Magengegend, als wäre ich wieder fünfzehn. Ich überlege, dass Ines und ich vielleicht ein Paar werden, heute Abend, und dass ich mir früher das Datum gemerkt hätte. Obwohl ich ja gar keine Absichten habe und Ines sicherlich auch nicht. Aber wissen kann man das vorher nie so genau.

Vielleicht wird es doch ein ganz netter Abend, und wir unterhalten uns die ganze Zeit gut. Vielleicht gehen wir sogar gemeinsam nach Hause. Dann frühstücken wir morgen zusammen, und dann werde ich mir eine Arbeit suchen in Berlin, wie ich das eh vorhatte. Und währenddessen werde ich vielleicht bei Ines wohnen, bis ich eine eigene Wohnung gefunden habe. Und nach kurzer Zeit, nach vier Wochen zum Beispiel, werden wir zum ersten Mal abends gemeinsam in ihrer Küche sitzen und uns nichts zu sagen haben. Nur ein ganz kurzer, irritierender Moment, nur ein paar Sekunden, in denen ich Ines angucke und sie mich, aber es ist der Moment, der immer der schlimmste ist. Weil dann zum ersten Mal klar wird, dass es so nicht weitergehen kann, dass eine Art Firnis abgefallen ist. Aus Scham oder aus Gewohnheit werden wir natürlich weiter behaupten, dass wir zusammengehören. Vielleicht werden wir das sogar noch jahrelang behaupten, bis wir uns dann ausreichend gelangweilt haben, aber einen richtigen Grund wird es für unsere Trennung nicht geben.

Streiten werden wir nicht, dazu sind wir zu klug. Nur das Gefühl von früher, also von jetzt, von heute, dieses Gefühl wird nicht mehr da sein und auch nicht wiederkehren. Vielleicht auch bei Ines nicht. Wir werden sinnloses Zeug reden und uns an nichts erinnern später, außer dass ich einen blutiggekratzten Hals hatte und dass Ines mich deshalb zuerst nicht mit nach Hause nehmen wollte. Wir müssen beide ziemlich lachen, obwohl uns gar nicht nach Lachen ist, und wenn ich sterbe, in fünfzig Jahren, und mein Leben an mir vorbeizieht, werde ich mich noch immer erinnern an diesen zerkratzten Hals, während ich Ines und alles andere längst vergessen habe.

Das sind so meine Gedanken, kurz bevor ich die Ankerklause erreiche. Zum zweiten Mal habe ich den Eindruck, ich sollte wieder umkehren. Angesichts der Tatsache, dass Ines und ich gleich vereint sein werden, erscheint sie mir nicht mehr halb so begehrenswert wie zuvor. Ich schaue noch einmal in mein Gesicht, das sich im Glas spiegelt, und dann ziehe ich die Tür auf. Ines ist noch nicht da, das weiß ich sofort.

Ich sitze auf einer der Ledergarnituren, die aussehen wie die Sitzbänke in amerikanischen Autos, und schaue auf einen Zigarettenautomaten. Im oberen Drittel des Automaten leuchtet ein riesiges Dia von einer strahlenden, hügeligen Herbstlandschaft, und das irritiert mich, weil es so künstlich ist und zugleich so natürlich.

«Das muss schockierend sein, wenn man eines Tages in Urlaub fährt und genau auf diesem Hügel steht und diese Landschaft sieht», sagt Ines, zeigt auf das Automatendia und setzt sich.

«So etwas gibt es in *Fargo*», sage ich, «aber mit einer Frau am Strand. Die macht ihren Ellenbogen so.»

«*Barton Fink*», korrigiert Ines. «Schön, dich zu sehen.»

Und ich merke, dass das nicht die Frau ist, über die ich eben noch so seltsame Gedanken hatte.

Wir bestellen überbackenen Toast. Der Kellner bringt den Toast und wünscht guten Appetit, und ich kriege irgendwie nichts runter. Ich tue nur so, als ob ich esse, und dann tue ich so, als ob es mir nicht schmeckt. Ines isst ihren Toast problemlos auf.

Glücklicherweise unterhalten wir uns ganz gut. Ines versteht alles, was ich sage, und ich verstehe alles, was sie sagt. Das klingt banal, aber das passiert mir nicht so oft. Selbst bei meinen besten Freunden, die ich schon jahrelang kenne, kommt es immer wieder vor, dass wir uns nicht verstehen oder dass wir etwas erklären müssen. Wobei ich auch nicht weiß, was daran eigentlich so schlimm ist, wenn man mal was erklären muss. Aber aus irgendwelchen Gründen machen Erklärungen mich unglücklich. Unglücklicher vielleicht als alles andere. Marit zum Beispiel versteht ja praktisch nichts beim ersten Anlauf, und das macht mich immer ganz aggressiv. Dabei würde Marit mich schon verstehen, wenn ich es darauf anlegte. Aber, wie gesagt, ich lege es nicht darauf an. Ich möchte niemandem erklären, warum man sich über Nachmittagstalkshows nicht lustig macht. Oder warum man in der Öffentlichkeit nicht meditiert. Oder warum man keine Goretex-Sachen trägt. Ich treffe viel lieber Leute, die das von alleine wissen.

Nach dem zweiten Bier reden wir schon wieder über Sex. Ines hat das Thema aufgebracht, aber das hat natürlich nichts zu bedeuten. Ich unterhalte mich dauernd über Sex, und ich weiß, dass das bei mir nichts bedeutet. Es gibt also keinen Grund, anzunehmen, dass das bei Ines anders ist. Wir unterhalten uns auch nicht direkt über Sex, nur über so peinliche Sachen. Die schlimmsten Sätze, die man im Bett zum Beispiel sagen kann. Ines erzählt von einer Party, nach der sie stockbesoffen mit jemandem aufs Sofa gefallen ist, obwohl sie das gar nicht wollte. Am nächsten Morgen ist sie dann aufgewacht, weil dieser Typ noch immer neben ihr gelegen und sie überall angefasst hat. Er war so eklig, sagt Ines, und sie hat solche Kopfschmerzen gehabt, dass sie überhaupt nicht wusste, was sie machen sollte. Sie hat sich einfach nicht gerührt, weil sie gedacht hat, dass er dann bald aufhört, aber er hat nicht aufgehört. Er hat stundenlang weitergemacht, und schließlich hat er ihr ins Ohr geflüstert: Du lässt dich gern verwöhnen, was?

Ines hat eine komische Art, beim Rauchen zu reden. Sie zieht an ihrer Zigarette, und da sie immer Endlossätze baut, atmet sie beim Sprechen den Rauch aus bis zum ungefähr zehnten Nebensatz, macht dann eine winzige Pause, in der sie die restliche Luft ausatmet, und die letzten zehn Nebensätze kommen ohne Rauch. Außerdem lacht sie immer über ihre eigenen Witze. Aber nicht auf eine unangenehme Weise, nicht wie jemand, der wahnsinnig von sich eingenommen ist. Eher, als würde sie selbst davon überrascht. Ich überlege eine Weile, warum mir das so seltsam vorkommt, und dann fällt mir ein, dass Desmond das auch macht.

«Lass uns noch woandershin», sagt Ines, als die Ankerklause langsam voll wird.

«Okay», sage ich.

Es ist eine warme Nacht. Wir laufen den Landwehrkanal entlang zur Schlesischen Straße, bis Ines links einbiegt und ein Metallgitter mit einem Fahrradschloss uns den Weg versperrt. Es sieht wie eine verlassene Fabrikgegend aus, wo erfahrungsgemäß Künstler herumlaufen, was ich eigentlich nicht leiden kann. Aber hier sind keine Künstler zu sehen.

Hinter dem Metallgitter führt eine lange Treppe auf einen Steg hinunter. Ines tritt ein paar Mal gegen das Gitter, dann erscheint unten ein Mann, bleibt am Fuß der Treppe stehen und sagt: «Das ist nur für Mitglieder.»

«Wir sind Mitglieder», antwortet Ines ungerührt, und tatsächlich kommt der Mann rauf und öffnet das Fahrradschloss mit einem Schlüssel, den er an einer Schnur um den Hals trägt. Die Kneipe ist ein kleines Häuschen an einer Art Landungssteg an einem Seitenarm der Spree. Sperrmüllpolstermöbel stehen auf dem Steg, und es ist wenig Betrieb. Eine Beleuchtung gibt es nicht, jedenfalls nicht draußen. Ines holt zwei Bier aus dem Haus, und dann sitzen wir auf einem Sofa direkt am Wasser und schauen auf den Fluss. Die Mücken schwirren. Dünner Rauch zieht vorbei, der nach Nelken riecht.

Das kaputte Ledersofa schiebt unsere Oberkörper zusammen, Schulter an Schulter, und mir wird angenehm warm dabei. Ines äfft die Frau von gestern Abend nach, von der wir beide den Namen nicht wissen, die mit der blauen Perücke.

«Du siehst einfach atemberaubend aus», sage ich.

«Das Hauptproblem ist, dass alle Leute denken, ich könnte deshalb nicht intelligent sein», sagt Ines, rümpft ihre Nase, schiebt mit beiden Händen die blaue Perücke zurecht und lacht.

Wir schauen die ganze Zeit auf diesen Fluss, ab und zu hole ich neues Bier. Einmal schlägt Ines mit der Hand auf meinen Oberschenkel, als sie die fünf Ausnahmen der Abseitsregel aufzählt, und ich sinke ein bisschen tiefer in die Couch. Die fünf Ausnahmen der Abseitsregel.

«Du bist komisch», sage ich.

«Ich weiß», sagt Ines und lässt die Hand etwas zu lang auf meinem Bein liegen.

Am anderen Ufer des Flusses ist ein Hausboot vertäut, ein sehr schäbiges Boot mit nur einem Fenster. Ich frage Ines, ob wir hier eigentlich im Osten oder im Westen sind, und sie weiß es auch nicht. Ich lehne mich etwas mehr an ihre Schulter, und ich denke, jetzt geht das alles wieder von vorne los, das ganze Theater. Ich überlege, wie ich das eigentlich finden soll, und ich kann mich nicht entscheiden. Ich muss an Erika denken, obwohl ich da gar nicht dran denken will, und dann fallen mir Ines' Zähne wieder ein, und auch da will ich nicht dran denken. Ich lege meinen Arm um ihre Schulter und schaue angestrengt auf einen Punkt am anderen Ufer.

«Schade, dass es nicht immer so ist», sage ich.

«Nicht dass es jetzt zu Missverständnissen kommt», sagt Ines freundlich. «Aber wir sind inkompatibel.»

Hinter uns schmeißt jemand ein Bierglas runter. Der Wirt hat angefangen, die Tische reinzuholen, und ich drehe mich eilig um und frage Ines, ob wir noch irgendwo hingehen sollen oder ob jetzt Schluss ist. Ich weiß nicht, was ich sonst sagen soll. Ich halte meine Arme an meinen Körper gepresst, und in meinem Kopf werden ohne mein Zutun Fragmente sortiert.

«Eins geht vielleicht noch», sagt Ines.

Wir nehmen ein Taxi zur Roten Rose. Im Taxi schaut Ines schweigend aus dem Fenster, und ich schaue auf der anderen Seite aus dem Fenster. Man glaubt gar nicht, wie blöd man sich vorkommen kann, wenn man zusammen im Taxi sitzt, und jeder schaut schweigend aus einem Fenster.

Die Rote Rose ist ein Absturzlokal in der Adalbertstraße. Ein winziger spielautomatengefüllter Raum, die meisten Gäste befinden sich in einem Dämmerzustand. Direkt vor der

Theke ist ein elektronisches Dartspiel, und drei Türken oder Araber werfen diese Pfeile mit den Plastikspitzen durch die Luft, und direkt daneben setzen wir uns hin. Wir reden ein bisschen bangloses Zeug, und ich sage, dass wir uns eigentlich ziemlich ähnlich sind, und Ines sagt, nein, überhaupt nicht. Ich versuche herauszufinden, was es mit dieser Inkompatibilität auf sich hat, und Ines sagt, sexuell.

Sexuell. Aha. Das ist der Nachteil am Alkohol, wenn man das mal so betrachtet. Man kriegt nicht mehr alles mit. Ich würde jetzt gern ein paar dämliche Fragen stellen. Aber ich verliere nicht die Contenance, und zwar gerade so eben. Dafür kreisen die Fragen in meinem Kopf, und das macht mich nicht wirklich unterhaltsamer. Warum wir uns geküsst haben gestern Abend, warum wir heute zusammen ausgegangen sind oder warum die Welt so ist, wie sie ist. Auf alle diese Fragen gibt es natürlich keine Antwort. Es gibt nie eine Antwort. Warum wir hier noch immer sitzen und trinken, wenn wir uns überhaupt nicht ähnlich sind. Und warum eine Frau, die gar nicht mein Typ ist, die auf einmal lesbisch ist und die ich bis vor einer Stunde nicht einmal geliebt habe –

Ich bin jetzt so gut wie nüchtern, aber ich lasse mir nichts anmerken. Mir ist unfassbar elend zumute. Auf einem kleinen Monitor über dem Tresen läuft *Terminator 2*, und Linda Hamilton sagt gerade, das kann man von den Lippen ablesen: «There's two hundred and fifteen bones in the human body. That's one!», und ich zeige mit der Hand auf den Bildschirm.

Ines trinkt Gin Tonic und ich etwas, von dem ich schon wieder vergessen habe, wie es heißt. Draußen beginnen die Leute zu arbeiten. Ich schaue aus dem Fenster und überlege, wie ich mich so harmlos wie möglich verabschieden kann. Ich möchte nicht, dass Ines eine schlechte Erinnerung an diesen Abend zurückbehält oder dass sie anderen Leuten später Sätze von mir berichten muss, die ähnlich grauenvoll sind wie das, was dieser Typ neulich im Bett zu ihr gesagt hat. Wobei mir einfällt: Wieso war sie denn mit diesem Typen im Bett? War sie da etwa noch nicht lesbisch?

«Das war ja gar nicht so schlimm, wie ich es mir vorgestellt hatte», sagt Ines.

«Was denn?», sage ich, und in diesem Moment kommt ein Mann mit Ziegenbärtchen an unseren Tisch und fragt, ob wir nicht seine Zeche bezahlen wollen. Er legt zwei dunkelweiße Tabletten auf den Tisch. Ines steckt eine der Tabletten in den Mund und sagt: «Okay», und lächelt an ihm vorbei. Der Mann betrachtet Ines, als wäre er wahnsinnig fasziniert. Er schwankt eine halbe Minute über unserem Tisch wie eine angeschubste Hängelampe, und dann verschwindet er wieder. Ich schaue ihm hinterher, wie er aus der Kneipe torkelt, und ich denke, das ist auch besser so, und dann nehme ich die andere Tablette und rolle sie zwischen zwei Fingern hin und her.

«Nimm», sagt Ines.

«Nicht jetzt», sage ich.

«Dann steck's ein.»

Wir starren auf den Spielautomaten gegenüber, der eine Melodie von Jim Avignon spielt, und irgendwann, schwer zu beschreiben, von wem das ausgegangen ist, lehnen unsere Schultern wieder aneinander.

«Weißt du, wie du jetzt nach Hause kommst?», sagt Ines müde. «Oder willst du bei mir übernachten? Mir ist das egal.»

Draußen ist es dunkel, kurz vor dem ersten Lichtstrahl. Vor einem Gemüseladen werden ein paar Obstkisten geschleppt, ein Lastwagen liefert Dönerspieße aus, in Frischhaltefolie eingewickelt. Es erinnert mich an meinen letzten Urlaub, vor etwa fünf Jahren. Aber es ist kalt geworden. Wir stehen vor der Kneipe, Ines zieht ihren Pullover über, und dann gehen wir den Kottbusser Damm hinunter. Wir kommen wieder an der Ankerklause vorbei, und es kommt mir vor, als sei das schon Jahre her, dass ich da mit Ines dringesessen, über die Coen-Brüder diskutiert und meinen Toast unter den Tisch geschmissen habe.

Vor uns läuft eine Frau mit lila Dauerwelle, vielleicht vierzig Jahre alt, und sie trägt eine Kunstlederjacke, die auf dem Rücken mit Pailletten-Schnörkeln bestickt ist. Es dauert eine Weile, bis ich merke, dass diese Schnörkel Buchstaben sind, und da steht, auf dem Rücken dieser Frau mit der Tupperparty-Frisur im Morgengrauen, da steht: *Born To Kill.* Ines lacht, und ich nehme ihre Hand, und so gehen wir die ganze lange Straßenflucht hinunter, in Cinemascope.

Das Treppenhaus hat eine Notbeleuchtung. Braunes Linoleum und Bohnerwachsgeruch. Auf den Treppenstufen liegt Abfall.

«Trägst du mich?», sagt Ines und legt einen Arm in meinen Nacken.

Ich halte ihr meinen Rücken hin, sie springt tatsächlich auf, und wir laufen huckepack die Treppen hoch. Das ist ziemlich lustig. Also, nicht dass ich missverstanden werde – ich kann Leute nicht ausstehen, die dauernd solche verrückten Dinge tun. Aber wenn man ganz und gar betrunken ist und sich überhaupt nicht kennt, wenn man zum ersten Mal gemeinsam nach Hause geht, wenn man schon dreißig ist, und dann läuft man huckepack die Treppen rauf – das kann ziemlich interessant sein. Finde ich. Bei den meisten Frauen kann man das ja vorher nicht wissen. Da unterhält man sich den ganzen Abend gut und beschließt, zusammen nach Hause zu gehen, und dann fangen sie plötzlich an, die Unordnung in ihrer Wohnung zu thematisieren. Oder sie sagen: Die Handtücher sind da links. Oder: Könnte ich vorher nochmal dein Telefon benutzen? Oder sie erklären, dass sie's nicht ertragen könnten, wenn der Mann im Bett die Socken anbehält, und man weiß nicht, was man antworten soll, da man ja wirklich nicht vorhatte, die Socken anzubehalten.

Das ist bei Ines nicht so, und das war auch klar. Während ich sie die Treppen rauftrage, hält sie sich an meinem Schlüsselbein fest und summt ein Reiterlied. Ich spüre die angenehme Schwere auf meinem Rücken, und im dritten oder vierten Stock geht mir die Puste aus, und den Rest muss Ines selbst laufen.

Während sie Zähne putzt, liege ich schon in ihrem Bett, in dessen Richtung sie mich im Dunkeln geschubst hat. Sie kommt nach, zieht sich bis aufs Aldi-T-Shirt aus, und wir reden weiter wie vorher. Wir liegen nebeneinander, und ich rieche fast keinen Geruch, als wäre sie meine Schwester. Wir reden einen ziemlichen Unsinn, über Kindheitserinnerungen und so. Mein Gesicht ist halb in die Kissen vergraben. Ich spüre Ines' Lippen, während sie redet, an meiner Stirn.

Irgendwann dreht Ines mich zum Fenster um, und dann höre ich, dass sie eingeschlafen ist. Ihr rechter Arm ist um meine Brust geschlungen, und ich halte ihn fest. Ich liege ganz still. Durch die Balkontür kann ich über die halbe Stadt schauen. Statt einer Balkonbrüstung hat es da nur so ein rotweißes Absperrband von der Baustelle, und der Ausblick ist großartig. Man sieht haarscharf über die Dächer hinweg. Ich spüre den Brustkorb, der sich hebt und senkt, in meinem Rücken, und ich sehe die Sterne vor mir und den heller werdenden Himmel.

Die Behauptung, viele dieser Sterne existierten bereits nicht mehr und nur ihr einst abgestrahltes Licht sei noch unterwegs zu uns, fand ich als Kind nie so aufregend und monströs wie die Tatsache, dass manche dieser Sterne *wirklich* existierten. Ich habe nie begriffen, warum es bei der NASA keine Pläne gab, ein gutausgerüstetes Raumschiff mit

Freiwilligen unwiederbringlich ins All hinauszuschießen, Richtung Alpha-Centauri. Ich hätte mich sofort als Freiwilliger gemeldet.

10

Ich klingle unten bei Desmond, und als ich oben ankomme, steht die Wohnungstür offen. Desmond sitzt vorm Computer und hämmert auf die Tastatur, neben ihm ein Frühstücksteller mit Resten von Tomatenmatsch und eine Tasse Kaffee.

«Wo treibst du dich denn rum?»

Ich schaue auf den Monitor, auf dessen Gehäuse mit Filzstift sämtliche Passwörter geschrieben stehen.

«Du warst nicht bei Anthony, oder bist du nicht rangegangen?»

«Ich war bei Ines.»

«Hab ich's nicht gleich gesagt?», sagt Desmond, ohne vom Bildschirm aufzusehen.

«Na ja», sage ich.

Es ist mir ein bisschen unangenehm, dass er anscheinend denkt, zwischen mir und Ines wäre etwas. Aber ich weiß nicht, wie ich ihn aufklären soll. Ich weiß ja selbst nicht, was zwischen Ines und mir ist. Ich versuche es Desmond zu erklären, und währenddessen stehe ich in der Tür, und ich sehe, dass am Türrahmen der Lack abgeplatzt ist in Form eines Semikolons. Das erinnert mich an etwas. Ich weiß allerdings nicht, an was.

«Was ist los?», sagt Desmond und dreht sich um. Seine Augen sind leicht gerötet.

«Wusstest du, dass Ines lesbisch ist?», sage ich.

«Quatsch», sagt Desmond, und dann sackt er mit dem Kopf auf einen Papierstapel. «Das muss ich heute alles durcharbeiten.»

Ich gehe rüber in Anthonys Wohnung, lasse die Jalousien runter und lege mich ins Bett. Ich wälze mich hin und her, und dann stehe ich wieder auf und gehe durch den Flur, der ganz lang und ganz dunkel ist. Die Ruhe ist unerträglich. Ich weiß nicht, was ich bis zum Abend machen soll. An einer Wand hängt ein gerahmtes Bild von Uli Stein, zwei Mäuse, und die eine Maus sagt etwas zu der anderen. An der Garderobe hängt ein Federballschläger. Ich nehme den Schläger ab, patsche auf die Saiten, und er macht das bekannte Geräusch. Poing, poing.

Ich könnte natürlich etwas unternehmen. Ich könnte Sightseeing machen, den Zoo angucken oder was weiß ich. Aber ich habe nicht die geringste Lust dazu, und deshalb schalte ich den Fernseher an. Ich krame meine Reiselektüre aus dem Rucksack und lege mich aufs Bett. Nachdem ich fünf Minuten in das Buch starre, fällt mir auf, dass ich noch keinen einzigen Satz verstanden habe. Ich schalte mit der Fernbedienung den Ton aus. Andreas Türck starrt mich an. Ich versuche mich zu konzentrieren, noch einmal von vorn, Kapitel 30. *Der Marquis de La Mole empfing den Abbé Pirard ohne irgendeine von den höflichen Floskeln und Gebärden eines Grandseigneurs, die so zuvorkommend scheinen, und doch so anmaßend sind für alle, die dahintersehen.*

Ich schaue auf die Wand gegenüber, wo ein Foto von Desmond und Anthony hängt. Sie sitzen in einer Spelunke und machen die Taubstummengeste für schwul, Desmond die politisch korrekte, das Haare-nach-hinten-Streichen, Anthony die unkorrekte, das Blasen. Ich lege meinen Kopf auf das Buch und döse eine Weile vor mich hin. Ich rieche das vergilbte Papier und das Bettlaken, genau unterscheidbar, und ich denke darüber nach, wie die entsprechenden Gesten für Lesben aussehen könnten, und dann überlege ich, ob ich Ines schon wieder anrufen kann. Ines musste heute Morgen zur Uni, und wir haben weiter nichts verabredet. Wir lagen im Bett, und dann hat ihr Wecker nicht funktioniert, und auf einmal war es schon elf. Nicht mal richtig verabschiedet haben wir uns, so schnell ging das alles.

Das hätte für ihn bloß vergeudete Zeit bedeutet, und der Marquis war in seinen wichtigen Angelegenheiten so weit gediehen, dass er keine Zeit mehr verlieren durfte. Beim Umblättern finde ich zwischen den Seiten ein Haar. Ich halte es ins Licht, es ist blauschwarz und dreißig Zentimeter lang. Ich gehe die Reihe meiner Freundinnen und Bekannten durch, aber mir fällt keine ein, zu der das Haar gehören könnte. Ich überlege, wann ich das Buch zuletzt gelesen habe, aber da war ich schon mit Erika zusammen. Erika hatte rotbraunes Haar. Ich versuche wieder, ein paar Sätze zu lesen, aber es lässt mir keine Ruhe. Ich habe diesen Roman fünf- oder sechsmal gelesen, und es ist gut möglich, dass ich das Haar auch die letzten Male schon zwischen den Seiten gefunden, mich an irgendetwas erinnert oder nicht erinnert und es dann ins Buch zurückgelegt habe, so wie jetzt.

Wenn die Gentechnik fortgeschrittener wäre, könnte ich mir aus dem Haar ein Kind klonen lassen, das dann ins Waisenhaus käme und an dem man in einigen Jahren ablesen könnte, wer sich hier über meinem Lieblingsbuch gekämmt hat. Ich schwenke das Haar hin und her. Es schwebt in meiner Hand, als wäre es das Unschuldigste auf der Welt, wie das Rettungsseil von einem Hubschrauber. Unerträglich.

Immerhin sind das Teile eines menschlichen Körpers, die ich da mit mir herumschleppe, vielleicht seit Jahren schon. Vielleicht habe ich die Frau, der das Haar gehörte, an die ich mich nicht erinnern kann, geliebt. Vielleicht hat sie mich in Raserei und Wahn getrieben, wie das so üblich ist, während sie jetzt in einer gelbverklinkerten Doppelhaushälfte sitzt, den Tisch für ihren Mann und ihre vier Kinder deckt und im Fernsehen Andreas Türck sieht.

Als ich am Nachmittag erwache, rutscht zuerst das Buch von der Bettkante, und dann sehe ich, wie im Fernsehen lautlos Autos über andere Autos fliegen und explodieren. Ich fühle mich etwas besser jetzt, und ich ziehe meine Schuhe an und die Jacke.

Draußen ist es windig, warmer Nieselregen läuft an meinem Gesicht herunter. Irgendwo in der Schönhauser Allee trinke ich einen Tee, bis es aufgehört hat zu regnen, und dann gehe ich weiter spazieren. In der Friedrichstraße komme ich am Tränenpalast vorbei, diesem alten Grenzübergang, wo ich vor unendlich vielen Jahren mal in die DDR eingereist bin, als es sie noch gab. Mit meinem besten Freund Malte Lipschitz war das, auf der üblichen Jugendzentrums-DDR-Fahrt. Die Fahrt verfolgte irgendeinen Zweck, Frieden und Sozialdemokratie oder so, aber natürlich wurde die ganze Zeit nur Blödsinn gemacht. Malte hatte vorher den Wettbewerb ausgerufen, wer es schaffe, am längsten von der Grenzpolizei gefilzt zu werden, kriege von allen anderen zehn Ostmark. Aber in dieser Einzelkabine da richtig Krawall zu machen hat sich dann doch keiner getraut. Als ich der spiegelnden Glasscheibe gegenüberstand, habe ich bloß meinen Pass rübergeschoben und den Zwangsumtausch und war froh, durchgewinkt zu werden. Der dicke Ulf Kramnik immerhin hatte mit Nasepopeln ein paar Minuten rausgeschunden und schrie schon rum und dachte, er wäre der Sieger. Aber Sieger wurde natürlich Malte Lipschitz.

Malte war der Letzte in der Schlange gewesen, und sein Grenzübertritt dauerte sechs Stunden und zwanzig Minuten. Wie genau er das angestellt hatte, wollte er nicht verraten. Er ist mit roten Augen aus der Kabine geschlurft, hat wortlos unsere Ostmark eingesackt und hat sich dann ein paar ganz absurde Klamotten davon gekauft, einen sozialistischen Trainingsanzug oder so was. Es war ja nicht leicht, dieses Spielgeld loszuwerden, und Malte hat den Trainingsanzug noch auf der Rückfahrt weggeschmissen. Aber seinem Ruf hat das nicht geschadet, im Gegenteil. Lipschitz und sein Kampf gegen das Idiotensystem. Unsere langhaarigen Betreuer waren außer sich.

Später, sehr viel später, als Malte und ich einmal abends im Maisfeld lagen, habe ich ihn nochmal danach gefragt. Er wollte es mir zuerst nicht sagen, aber dann hat er es mir doch gesagt, weil ich ja sein bester Freund war und dichthalten konnte. Malte hatte sich am Grenzübergang als Letzter in die Schlange gestellt, um kurz vor der Kontrolle auszuscheren und sich zu verabschieden. Er ist mit der S-Bahn zurück zum Bahnhof Zoo gefahren, hat sich die Nutten und die Kranken angeguckt, ist über den Kudamm spaziert, ist ins Kino gegangen und hat sich sechs Stunden lang fein amüsiert, weil er genau wusste, dass wir auf der anderen Seite festsaßen und nichts machen konnten. Das war Malte.

Am Abend habe ich mich mit Desmond fürs Theater verabredet. Ich fahre nach Charlottenburg und rufe Ines an und spreche ihr auf den Anrufbeantworter, welches Stück wir uns ansehen, und dass wir uns eine Stunde vorher im Schwarzen Café treffen. Falls sie mitkommen möchte. Ich würde mich freuen.

Das ist mir ein bisschen peinlich, weil ich selbst nie ins Theater gehe. Ich kann mit Theater, ehrlich gesagt, nichts anfangen. Ich war in meinem Leben vielleicht anderthalb Mal im Theater, und ich verstehe das einfach nicht, um es mal vorsichtig auszudrücken. Dieses Rumgeschreie, die komischen Pappkulissen, die Monologe, all das. Außerdem keine Großaufnahmen, keine Kamerafahrten. Als ob die Elektrizität noch nicht erfunden wäre.

Ich sitze also im Schwarzen Café, und als ich gerade beim fünften Bier bin, erscheint Desmond in Begleitung einiger Freunde, die ich teilweise schon auf der Party gesehen habe.

Sie unterhalten sich sehr laut, sodass die Leute von den Nebentischen zu uns herübergucken, und einmal fragt mich ein Mann, der neben Desmond sitzt und ihm ab und zu mit der Hand in den Haaren wuschelt, ob ich taubstumm wäre. Die Bedienung braucht drei Anläufe, bis sie die Getränke richtig gebracht hat, und als wir los müssen, ist von Ines noch nichts zu sehen.

«Ich glaube, ich komme doch nicht mit», sage ich.

«Natürlich kommst du mit», sagt Desmond und hält die Eintrittskarten hoch.

Fast streiten wir uns. Desmond weiß nicht, warum ich nicht mitkommen kann, und ich kann es ihm auch nicht erklären. Soll ich sagen, ich muss hier noch auf eine Frau warten, die nichts von mir wissen will?

«Dann bleib halt da», sagt Desmond gereizt.

Und ich bleibe da. Weil ich mir noch ein bisschen Hoffnungen mache, dass Ines sich nur verspätet hat. Es ist mir klar, dass das eine sinnlose Hoffnung ist. Ich bestelle noch ein Bier, und dann fällt mir ein, wie peinlich es wäre, wenn Ines jetzt tatsächlich käme und mich hier fände, während alle anderen längst im Theater sind.

Nach zwei Stunden gehe ich zum Telefon und wähle Ines' Nummer, die ich mittlerweile auswendig kann. Ich weiß auch nicht, warum ich das mache. Reiner Selbstzerstörungstrieb. Diesmal ist Ines sogar zu Hause. Sie klingt verschlafen. Meine Mitteilung auf dem Anrufbeantworter habe sie gekriegt, ja, aber sie habe keine Lust gehabt, ins Theater zu gehen. Sie würde nie ins Theater gehen, sie finde Theater scheiße. Ich lehne mit der Stirn am Telefonapparat und höre nichts außer dem Kneipenlärm. Ich frage Ines, ob sie weiterschlafen will, und sie sagt ja.

Als Nächstes lehne ich an einer Metallsäule auf dem Bahnsteig. Es ist windig, und ich sehe auf die Ziegelsteinwand gegenüber, die im Dunkeln verschwimmt, und dann sehe ich auf einmal einen Mann mit einer schwarzen Kapuze. Er sprüht komische Zeichen auf die Wand, ein bisschen wie Aerobic sieht das aus, ziemlich albern. Aber Graffiti ist ja auch ziemlich albern. Ich meine, früher war Graffiti mal böse und nicht albern. Aber dann kamen die Kulturmenschen, dann kam das ins Museum, dann war das Subkultur. Das war zu einer Zeit, da gab es noch Subkultur. So fing das alles an. Ein paar Bekannte von mir haben das auch gemacht. Nur die richtigen Sprayer haben die Museen natürlich abgelehnt, weil Museen und Subkultur, das ging ja irgendwie nicht zusammen, und die haben dann aus Protest ihre hässlichen Tags überall hingemacht, bis auch der letzte Feuilletonist eingesehen hat, was das eigentlich für ein Mist ist. Und seit ich das ein paar Mal gelesen habe, das mit dem Mist, bin ich eigentlich wieder für Graffiti.

Oder nee, das ist auch Quatsch. Ich bin auch betrunken. Im Grunde hab ich gar keine Meinung dazu. Das ist wie mit Günter Grass, da hat ja auch keiner mehr eine Meinung dazu. Das ist dann die Postmoderne. Das heißt, dass keiner mehr weiß, wo die Fronten verlaufen. Sogar beim Jugoslawien-Krieg war das schon so. Selbst bei solchen Superereignissen, alles nur noch ein großes Durcheinander. Oder Poststrukturalismus. Ich bin auch nicht sicher, ob ich das richtig wiedergegeben habe. Wahrscheinlich weiß der Sprayer da viel besser drüber Bescheid, der liest doch garantiert immer Virilio, der kann mir das erklären. Aber während ich noch darüber nachdenke, wie ich ihn ansprechen soll, läuft bereits die letzte S-Bahn ein.

Ich schwanke auf die S-Bahn zu und treffe auch genau eine Tür, die glücklicherweise schon jemand für mich aufgemacht hat. Im selben Moment wird mir schlecht, und ich übergebe mich in den Wagen. Es sitzen noch ein paar Leute da, aber keiner dreht sich um. Am Tiergarten steige ich aus und in den nächsten Wagen wieder ein, weil ich den Gestank nicht ertragen kann. Die anderen Fahrgäste bleiben sitzen, und ich kann sie durch die Fenster zwischen den Waggons beobachten. Wie ein verrückter Wissenschaftler, der seine Laborratten nach Feierabend zu kleinen Späßen benutzt. Dann schlafe ich ein. Als ich aufwache, bin ich Jannowitzbrücke, zwei Stationen zu weit oder eine. Ich steige aus und schaue mich um, aber die Bahn hat Betriebsschluss, und ich muss zu Fuß zu Anthonys Wohnung, mindestens eine Stunde lang.

Beim Aufschließen höre ich Stimmen in der Wohnung und gerate in Panik. Ist Anthony zurück? Sind das Einbrecher? Einen rätselhaften Moment lang bilde ich mir sogar ein, es könnte die Stimme von Ines sein. Aber dann sehe ich, ich habe bloß vergessen, den Fernseher auszuschalten. Gerade redet Alexander Kluge mit Ulrike Spengler oder Sprenger oder so, und ich schaue mir das an, und ich bin sofort in diese Frau verliebt. Sie ist unglaublich charmant und gescheit, wie ja die meisten Leute, die der Kluge in seiner komischen Sendung hat, und dauernd sagt sie Sätze wie: «Die Struktur der Erinnerung ist die Struktur des Romans», wie man es besser ja nun einmal nicht sagen kann. Außerdem gefällt mir ihr Beruf, der unten eingeblendet wird: Proust-Spezialistin.

Ich stelle mir vor, wie ich morgens mit ihr am Frühstückstisch sitze, und ich habe Erdbeermarmelade für sie eingekauft und frische Brötchen und alles, und sie ist die ganze Zeit unglaublich charmant und gescheit. Sie tunkt ein Stück Keks in ihre Tasse und redet über Desillusion und Erinnerung, und nie redet sie über sich. Wir frühstücken jeden Tag von morgens bis abends, und wenn wir dazu einmal keine Lust mehr haben, fangen wir an, in der Welt herumzureisen. Allerdings nur in europäischen Ländern oder Ländern, die von Europa kolonisiert worden sind. Dann steigen wir in so Gründerzeit-Hotels mit dicken grünen Brokatvorhängen ab und tragen an der Rezeption «Proust-Spezialistin» in ihr Berufskästchen ein, und wenn wir allein im Zimmer sind, schieben wir ganz vorsichtig die Brokatvorhänge ein wenig zur Seite und schauen auf das Meer, das ewige Meer. Und auf die Wellen, die ewigen Wellen.

Als das Interview vorbei ist, schalte ich den Fernseher aus. Ich liege da im Dunkeln und höre, wie mein Bauch seltsame Geräusche macht. Ich erinnere mich noch genau an den Moment, als ich zum ersten Mal eine Leiche gesehen habe, in der Anatomie. Die Ärztin hat die Bauchdecke der Leiche mit so einer Art Gurkenzange aufgeklappt, und dann lagen da die inneren Organe empörend einzeln drin herum. Ich weiß nicht mehr, was ich stattdessen zu sehen erwartet hatte. Aber auf jeden Fall etwas Homogeneres, eher eine gestopfte Wurst als so eine Obstkiste. Seitdem, wenn ich nachts im Bett liege und es in meinem Bauch gluckert, muss ich immer daran denken, dass eines Tages eins von diesen so beiläufig aussehenden Organen in meinem Innern krank und brüchig wird und dass ich dann sterben muss. Eine unglaubliche Zumutung. Da brauche ich nur eine Minute drüber nachzudenken, und schon bekomme ich Atemschwierigkeiten.

Wenn ich es mir aussuchen könnte, würde ich am liebsten bei einem Flugzeugabsturz sterben. Aber auf gar keinen Fall im Bett. Vielleicht mit Ines, oder mit Frau Sprengel, auf dem Linienflug nach Südamerika. Das rechte Triebwerk ist mit einem kaum hörbaren Knall explodiert und zieht eine endlose Feuerschleppe hinter sich her, als wir gerade über dem offenen Meer sind. Die Passagiere kreischen, einige ganz Doofe betteln die Stewardess um Fallschirme an. Ich lege meine Lektüre aus der Hand, ich beuge mich zu Ines, und ich sage, ich hatte noch gar nicht zu Ende gelesen. Und Ines sagt, gut, dass wir nicht das teure Hotel gebucht haben. Und wir schauen uns an und wissen, dass wir uns verstanden haben in diesem Leben. Durch das kleine runde Fenster rast die Wasseroberfläche auf uns zu, die bei dieser Geschwindigkeit härter ist als Beton, und ich halte Ines fest und flüstere ihr etwas ins Ohr, solange ich noch flüstern kann und solange sie noch ein Ohr hat.

Ich gehe in die Küche und schmeiße ein Fertigbaguette in den Ofen. Anthony hat eine Fensterscheibe im Backofen, und weil ich so etwas noch nie hatte, schaue ich eine Viertelstunde lang zu, wie das Baguette braun wird. Ich habe auch schon mal darüber nachgedacht, Ines umzubringen. Aber das ist fast immer mein erster Gedanke.

Als ich mit meiner großen Liebe, mit Anja Gabler, Auto gefahren bin, also ganz am Anfang, da gab es eine Allee, durch die wir immer mussten. Und ich habe immer auf diese Bäume gestarrt, weil ich dachte: Diesen nehme ich, nein, den nächsten, diesen, den nächsten, den übernächsten. Anja hat mich gefragt, was mit mir los sei, ob sie lieber fahren solle. Da hatte ich den Führerschein noch nicht lang, und es ist nicht weiter aufgefallen.

Dabei bin ich mir sicher, dass das mit Ines anders ist. Anders wäre. Ines ist eine ganz andere Person. Ich weiß manchmal nicht, ob Frauen über diese Dinge eigentlich nachdenken. Es könnte alles so einfach sein. Sie müssten nur Proust lesen, keine Handtäschlein tragen und diesen Quatsch mit den Kindern vergessen. Und dann vielleicht noch ein bisschen Trinkfestigkeit. Für die meisten Frauen scheint das ein vollkommen unlösbares Problem zu sein.

Als das Baguette fertig ist und ich den Ofen öffne, fängt es entsetzlich an zu stinken in der Küche, und ich mache den Ofen gleich wieder zu und setze mich ans offene Fenster und trinke noch ein Bier. Das Bier ist sehr kalt. Meine Hand wird auch ganz kalt, und ich nehme einen Topflappen zu Hilfe.

11

Die neue Gemäldegalerie am Potsdamer Platz ist ein schiefes, verschachteltes Gebäude, aber ich gehe da nicht rein. Ich bleibe nur davor stehen, unter dem glasklaren Septemberhimmel. Ich bin in einem Alter, wo ich nicht mehr in schiefe Gebäude reingehe. Ich zünde mir eine Zigarette an, werfe die leere Packung weg, und ich will da gar nicht drüber nachdenken. Diese Gebäude werden ja mittlerweile extra so gebaut, dass man über sie nachdenken muss. Darüber, warum sie so sind, wie sie sind, und wozu diese Schachteln und Löcher immer gut sein mögen. Aber als erwachsener Mensch über Schachteln und Löcher nachzudenken, das ist einfach deprimierend. Das ist, als würde man mit dreißig noch Gangsta-Rap hören oder Konzerttickets an die Wand pinnen.

Eigentlich wollte ich heute schon wieder fahren und das mit der Wohnungssuche aufgeben oder verschieben. Aber ich kann mich nicht entscheiden, und stattdessen bin ich nochmal in die Stadt gegangen, um irgendwas zu besichtigen, und ich habe zu spät gemerkt, dass ich dazu überhaupt keine Lust habe. Desmond sitzt die ganze Zeit vorm Computer.

Heute Morgen habe ich Ines nochmal angerufen. Aber bevor ich etwas sagen konnte, hat sie schon gesagt, dass sie keine Zeit hat, und ich müsse sie ja nun auch nicht *dauernd* anrufen.

Ich habe Desmond gefragt, was er davon hält, und Desmond hat gesagt, ich solle mich nicht so anstellen. Er hat mir eine Predigt gehalten, in der das Wort Weltschmerz vorkam, hat es aber Ueltschmörts ausgesprochen, obwohl er genau weiß, wie man das ausspricht, und dann hat er mir erzählt, was ich gestern Abend im Theater verpasst habe. Wirklich besser ging's mir danach nicht.

Ines kann ich jetzt nicht mehr anrufen, das ist klar. Und Ines kann mich auch nicht anrufen. Sie weiß ja nicht einmal meinen Nachnamen, oder Anthonys, oder wo ich wohne. Das ist auch klar. Alles klar. Eigentlich kann ich aus dem Fenster springen.

Anschließend habe ich es bei Erika in Frankfurt probiert, und endlich ist mal jemand rangegangen, ein Mensch namens Rüdiger, und der behauptete allen Ernstes, er habe Erika noch nicht gesehen. Er wohnt seit einer Woche mit ihr zusammen und hat sie noch nicht gesehen. Wahrscheinlich lag er gerade mit ihr im Bett. Nur dann denkt man sich einen solchen Blödsinn aus.

Ich gehe den Weg zurück über den Potsdamer Platz und stelle mir vor, ich hätte eine kleine rotierende Sichel in der Hand, und im Vorbeigehen schneidet sie die Säulen der ganzen schiefen Gebäude durch wie Butter, und sie stürzen hinter mir zusammen.

Ich setze mich in ein Café, unter einen Sonnenschirm. Ich blättere die Zitty durch, das Kinoprogramm, denn mit Desmond habe ich mich vage für den Abend verabredet. Und vage Verabredungen bedeuten ja meistens, dass man ins Kino geht. Ich schaue mir die Cartoons in der Zitty an, aber die meisten verstehe ich nicht. Ich frage mich immer, was das für Leute sind, die ihren Lebensunterhalt mit solchen Zeichnungen verdienen. Ob die nicht alle völlig bescheuert sind.

Als die Kellnerin Zigaretten und mein Alster bringt, schaut sie mich übertrieben lange an, und ich schaue an ihr vorbei, und dabei entdecke ich im Inneren des Cafés eine Frau, die wie Ines aussieht. Ich denke zuerst, das kann nicht sein, aber sie sieht ihr wirklich ungeheuer ähnlich. Im Halbdunkel sitzt sie an einem klobigen Metalltisch mit zwei Männern, zwei Bekannten offenbar. Jetzt kann ich natürlich nicht mehr so tun, als hätte ich sie nicht gesehen. Ich schaue in der Gegend herum, schaue ab und zu zu ihr rüber, durch die geöffneten Flügeltüren, und dann entdeckt sie mich auch. Wir grüßen uns über die Entfernung, indem wir nur die Lippen bewegen und ein bisschen mit dem Kopf nicken, das perfekte Haltungsecho. Ines lächelt, der Mann neben ihr dreht sich kurz zu mir um, und ich schaue wieder auf die Straße, wo eine Tram vorbeifährt. Sehr interessant, diese Tram.

Das ist mir vor allem peinlich, weil Ines jetzt wahrscheinlich denkt, dass ich sie schon vorher gesehen und mich aufdringlich ins selbe Café gesetzt habe. Zuerst will ich sofort aufstehen und zahlen, aber das ist ja fast noch schlimmer. Ich schaue also in die Zitty, die vor mir liegt, zähle bis fünfzig und blättere die Seite um. Dann zähle ich wieder bis fünfzig, und nochmal, und dabei schaue ich so aus den Augenwinkeln ganz woanders hin. Der eine Mann an Ines' Tisch ist dicklich und leberwurstförmig, der andere trägt eine Ledermütze, und ich denke, das kann es ja nun auch nicht sein. Schließlich sehe ich, wie zwei Reihen vor mir zwei Leute aus dem Café kommen. Etwas später stellt Ines ihr Teeglas auf meinen Tisch und setzt sich.

«Ich hatte dich nicht gesehen», sage ich.

«Ich bin die nicht schneller losgeworden. Was für Langweiler», sagt Ines. «Tut mir leid wegen heute Morgen. Ich wollte nicht unfreundlich sein, aber ich hatte es eilig.»

Die Sonne, die auf den Sonnenschirm scheint, macht blaue Schatten in Ines' Gesicht, und ich sehe auf ihre Zahnreihe, die mir mittlerweile ganz vertraut ist. Ines nimmt eine Zigarette aus meiner Schachtel und fragt, ob ich Lust hätte, mit ihr in die Pathologische in der Charité zu gehen, die sei hier gleich nebendran, Präparate gucken. Oder ob ich etwas anderes vorhätte.

«Warum nicht», sage ich. Ich hole den Zettel mit den Terminen für die Wohnungsbesichtigungen aus der Tasche, den ich mir vorgestern gemacht habe, und schaue ein bisschen darauf herum.

«Warum nicht.»

Wir laufen die Straße runter, das Licht blendet. Ines schiebt ihr Fahrrad neben sich her. Mit der freien Hand berührt sie aus Versehen einmal meinen Arm. Als ich an einer Baustelle hinter ihr gehe, sehe ich ihren braunen Rücken zwischen Hose und T-Shirt. Ich sehe die feinen, halbrunden Muskelstränge rechts und links ihrer Wirbelsäule, und mir fällt ein, dass ich Ines nie näher sein werde als in genau dieser Sekunde, egal, was noch passiert, in dieser fotografierten Sekunde, in der sie vor mir geht und mit der einen Hand über einen Bauzaun streicht, durch dessen Ritzen feiner Betonstaub rieselt, und mit der anderen ihr Fahrrad schiebt. Man vergisst das zwar manchmal, wenn man mit jemandem lange zusammen ist, aber in so speziellen Momenten fällt es einem immer wieder ein. Wenn man zum Beispiel nachts im Bett liegt und nur noch ein Auge sieht. Wenn man fast meint, man sei nur noch eine Person, und gleichzeitig muss man erkennen, wie fremd, wie monströs, wie entsetzlich dieses Gebilde ist, das einem da im Dunkeln gegenüberliegt.

Wir kommen am Haupteingang der Charité vorbei, vor dem die Krankenhausbesucher sitzen und rauchen, und Ines zeigt mit der Hand dorthin, ich weiß nicht, warum. Vielleicht, weil sie alle ganz genau den gleichen Gesichtsausdruck haben, so eine Art visionärer Gleichgültigkeit. Wir biegen zweimal rechts ab, und dann stehen wir vor einem großen roten Ziegelsteinhaufen, dem Pathologischen Museum. Außer uns sind keine Besucher da. Wir geben einem Mann fünf Mark, der im Arztkittel hinter einem Schreibtisch sitzt, als wäre er der Chefchirurg der Charité und würde den Kassendienst schnell noch in der Mittagspause erledigen. Er lächelt, und man kann seine braunen Zahnstumpen sehen.

Die medizinischen Präparate stehen dicht an dicht in ganz billigen Regalen in so einer Art Einmachgläsern. Das Erste, was mir auffällt, ist ein Oberschenkelknochen, an dem eine riesige Wucherung wie ein Bienenstock hängt. Daneben steht: *Der Winddorn in seiner allergrößten Vollkommenheit; von einem Frauenzimmer von einigen dreißig Jahren.*

Ich gehe langsam durch die Reihen. Ganz hinten, weil es in kein Regal passt, steht ein meterhohes Reagenzglas mit einem unglaublich aufgeblähten und gefüllten Dickdarm, *Hirschsprung'sche Krankheit*. Tod durch jahrelange Verstopfung. Die Natur ist das Letzte, wenn man mich fragt. Das Allerletzte. Wir schauen uns alles ganz genau an, besonders natürlich die Föten mit acht Armen und so, und einer dieser Föten sieht tatsächlich aus wie Lottmann, mein Kollege von der Post. Was es nicht besser macht.

Ich würde mich auch sowieso lieber mit Ines unterhalten, statt mir dieses Zeug hier anzusehen. Als wir reinkamen, hatte ich noch gedacht, dass ich mich hinterher wahrscheinlich gesünder und normaler fühlen würde. Stattdessen werde ich das Gefühl nicht los, dass der Anblick dieser Missbildungen und Metastasen meinen Körper irgendwie auf dumme Gedanken bringt. Als ich das Ines erzähle, sagt sie, dass es ihr genauso geht.

Allerdings, sagt sie, möchte sie später selbst mal in der Anatomie landen, oder plastiniert werden von diesem Arzt, der immer diese Skulpturen aus Leichen herstellt. Am liebsten als stehende Figur. Ihr Bauch müsste aufgeschnitten sein, sodass ihre inneren Organe zu sehen wären, und in beiden Händen würde sie ihre Leber vor sich hin halten, und unten auf dem Sockel wäre ein Messingschildchen: *Und ich dachte immer, ich hatte kein Herz.* Sie lacht wieder über ihren eigenen Witz.

Als wir aus dem Museum kommen, ist es fast noch heißer geworden. Ein Wagen der Stadtreinigung fährt vorbei und sprüht einen feinen Nebel aus Wassertröpfchen auf den Asphalt. Zehn Meter dahinter ist die Straße wieder trocken. Ines steuert auf das nächste Straßencafé zu, das kleine orange Tische und Plastikstühle auf den Gehsteig gestellt hat, und bestellt zwei Pils.

«Du wolltest doch Pils, oder?»

Wir sitzen stundenlang in diesem Café und reden und reden, und mir fällt ein, dass Ines wahrscheinlich einfach nicht telefonieren kann. Es gibt ja Leute, die am Telefon nicht funktionieren. Anders kann ich mir das nicht erklären, dass Ines jetzt so freundlich ist und am Telefon immer so gereizt. Am Nebentisch hocken zwei halbnackte Bauarbeiter, die ganz nass geschwitzt oder frisch mit Wasser übergossen sind. Sie trinken Bier mit Eiswürfeln drin. Ihre Muskeln glänzen in der Sonne.

«Schade, dass es nicht immer so ist», sagt Ines.

Aus dem Innern der Kneipe kommt Musik von einer Band, die früher mal die Lassie Singers war, wenn mich nicht alles täuscht, und als wir ausgetrunken haben, sagt Ines, dass wir eigentlich auch zu ihr gehen könnten. Ich weiß im selben Moment nicht, ob sie das wirklich gesagt hat oder ob sie das wirklich so gemeint hat, wie es klingt, und ich sage: «Wir können auch noch ein Bier trinken.»

Die gelbgestrichenen Fassaden der Häuser leuchten oben in der Sonne. Sie strahlen eine Wärme aus, als wäre man irgendwo am Strand. Ich habe den Eindruck vollkommener Stille, als würde ein feiner Salzgeruch vorbeiwehen, obwohl ja die vierspurige Straße neben uns entlangläuft, und ich muss darüber nachdenken, wie es wäre, dort oben zu wohnen, in einem dieser Gründerzeithäuser. Das wäre sicherlich sehr angenehm. Ich weiß auch nicht, warum ich nicht in so einem Haus wohne oder warum ich die Wohnungssuche aufgegeben habe. Ich könnte mir einfach eine Arbeit suchen, und dann könnte ich in so eine Wohnung ziehen, und ich wäre wirklich schön blöd, wenn ich das nicht auf die Reihe kriegen würde. Und dann sehe ich Ines an.

Ein paar Stunden später liege ich bei Ines auf dem Teppich. Blaue Auslegware. Draußen, in weiter Ferne, hört man die Geräusche einer Tischlerei. Ich liege auf dem Teppich, und ich kann eine Fußleiste sehen, aus der Ameisenperspektive, wie einen Horizont. Ich sehe den Sockel eines Schrankes, und unter einem Sessel hindurch einen blau-roten Haufen, vermutlich Kleider. Daneben acht Leuchtdioden, von denen vier blinken, ein Modem. Und zwar blinken die ersten beiden, die fünfte und die achte. 1258, Sturz des Abassidenkalifats.

Auf der gegenüberliegenden Wand ist ein Foto des Ernst-Reuter-Platzes zu sehen und waagerechte Lichtreflexionen, die von einer Jalousie hinter mir kommen. Der Boden drückt an meine Schulter. Es beginnt, wehzutun. Ich bin nackt bis auf die Jeans, meine Hände sind auf dem Rücken zusammengebunden. Auf mir sitzen sechzig Kilo. Ines' Gesicht wird verdeckt durch einen blauschwarzen Buchumschlag: Solschenizyn, *Archipel Gulag*.

Ines liest die Stelle vor, wo die Gefangenen an der Heizung stehen, wie ihnen die Nadeln unter die Augen gebohrt werden und was dann passiert. Ich versuche mich zur Seite zu drehen, aber Ines presst meinen Kopf mit einer Hand auf den Boden. Der Teppichgeruch steigt in meine Nase. Es riecht nach frisch gekauft, dieser ganz typische Teppichgeruch, wie bei Möbel Kraft, wo ich immer mit meinen Eltern eingekauft habe. Das ist so ein Geruch, den man nie vergisst.

Möbel Kraft war damals das einzige Möbelgeschäft in ganz Schleswig-Holstein, und da gab es eine ungeheuer große Teppichabteilung. Man konnte an einer paternosterähnlichen Maschine die Teppichrollen auf und ab fahren lassen, und kein Erwachsener hat einen dafür blöd angeschaut. Während meine Eltern Möbel ausgesucht haben, habe ich stundenlang diese Maschine bedient und an allen Teppichrollen gerochen und eine Reihenfolge aufgestellt, welche Teppiche mir am liebsten sind und welche nicht, und ich habe mir vorgestellt, dass das eine ganz wichtige Tätigkeit ist, die ich da ausübe, und bei der man keine Fehler machen darf. Als wäre ich für die Erdrotation verantwortlich, so das Kaliber etwa. Meine Eltern mussten mich immer mit Gewalt von dieser Maschine wegreißen, wenn sie nach Hause wollten.

Irgendwann hört Ines auf zu lesen.

Mit der linken Hand fingert sie eine Zigarette aus der Schachtel, schüttet dabei die halbe Schachtel aus und zündet die Zigarette umständlich an. Mit der rechten Hand stützt sie sich noch immer auf meinem Gesicht ab. Die Glut leuchtet auf zweimal.

Später sitze ich auf Ines' Balkon und schaue in den niveablauen Himmel. Wolken, dünn wie Schaschlikstäbchen, liegen über dem Horizont. Die Geräusche der Stadt, die Tischlereigeräusche sind verstummt. Feierabend. Ich sitze auf einem Campingstuhl, in einem Bademantel mit aufgedruckten Weihnachtsmännern, den Ines von ihrer Tante geschenkt bekommen hat, mit einem Glas Tee in der Hand. Hinter mir höre ich den Durchlauferhitzer mit einem Knall anspringen. Ines duscht.

Meine Hände zittern, und ich stelle das Teeglas auf die Armlehne aus weißem Plastik. Der Teebeutel saugt sich langsam voll und sinkt. Ich sehe unter dem Baustellenband hindurch, das die Balkonbrüstung ersetzt, über die große, staubige Stadt. Ich sehe meine Beine, die auf einer umgekehrten Getränkekiste liegen, und ich sehe, wie zwischen zwei Weihnachtsmännern der Frotteestoff sich rot färbt und an meiner Haut festklebt.

Früher einmal hätte ich das sehr angenehm gefunden, so hoch über den Dächern zu sitzen und in Ruhe Tee zu trinken. Nicht dass ich es jetzt nicht angenehm finde. Aber früher wäre es noch angenehmer gewesen, glaube ich. Ich wäre mir als Teil eines großen Ganzen vorgekommen, einer sinnvollen Masse, und zugleich als Außenstehender, und ich hätte mich wohlgefühlt dabei. Wahrscheinlich hätte ich mich wohlgefühlt. Warum kann – ich meine – warum ist diese Person, die ich einmal war, einfach so verschwunden?

Ich hebe das Teeglas hoch, und dabei sehe ich die Narbe auf meinem kleinen Finger, die ich mir in der Grundschule geholt habe, als wir eine Schale aus Teakholz schnitzen mussten. Mit einem Stechbeitel. Stechbeitel. Was für ein Wort.

Ich habe mal gehört, dass die Haut sich mindestens alle achtundvierzig Stunden erneuert. Also, wenn man jemandem nach ein paar Tagen die Hand schüttelt, hat man schon nicht mehr dieselbe Person zu fassen, und man selbst ist auch nicht mehr dieselbe Person. Nur die Narben bleiben. Kein Charakterzug, keine Erinnerung ist so stabil. Ich streife den Ärmel hoch, um nach meiner Pockennarbe zu suchen. Ich finde sie rechts, obwohl ich eigentlich immer gedacht habe, sie wäre links, und ich erinnere mich noch genau an die Impfpistole in der zehnten Klasse, die mir an die linke Schulter gehalten wurde. Oder? Als ich mit Anja Gabler in einer Schlange stand. Anja Gabler hatte die schönsten, runden, braunen Oberarme, die ein Mensch sich vorstellen konnte. Heute haben die Kinder ja keine Pockennarben mehr, weil die schon bei der Geburt ein Gegenmittel eingetrichtert bekommen oder weil die Pocken ausgestorben sind. Ich wäre jetzt gern ein bisschen sentimental, aber ich bin es nicht. Ich bin vollkommen ruhig. Ich bin vollkommen leer, und dann fange ich auf einmal an zu weinen.

Dabei weine ich sonst nur vorm Fernseher. Das letzte Mal wegen irgend so einer Tiersendung. Da wurde ein Biologe auf Feuerland gezeigt, der kleine, hässliche Tiere aufzog, weil die allein nicht überlebt hätten. Ich weiß nicht mehr, wie die Tiere hießen. Sie hatten jedenfalls in seiner Handfläche Platz und waren ganz nackt und unglaublich hässlich. Und dass da jemand in dieser durchgeknallten Welt nach Feuerland gefahren war, nur um diese jämmerlichen Tiere mit Milch vollzupumpen, das hatte mich aus der Fassung gebracht, damals.

Ein andermal habe ich einen Dokumentarfilm gesehen – ich weine nur bei Dokumentarfilmen –, da war ein Kriegsveteran nach Verdun zurückgekehrt. Er war über hundert und noch vollkommen fit und klar im Kopf und hat einen Affentanz aufgeführt in einem dieser Bombentrichter, wo er mit siebzehn verletzt worden war und wo alle seine Kameraden gestorben waren. Er hat immer seinen Gehstock in die Erde gerammt, die er die verfluchte Erde genannt hat, immer wieder, und in diesem Moment wurde die ganze Sinnlosigkeit deutlich. Also, nicht die Sinnlosigkeit des Krieges, eher – ich weiß nicht. Dass er überlebt hatte. Dass er nicht bei seinen Kameraden sein konnte, die in seiner Erinnerung immer noch jung und gesund und siebzehn Jahre alt waren und nicht so ein Wrack wie er.

Überhaupt alte Leute. Bis vor kurzem gab es in Südfrankreich noch diese Frau, die als junges Mädchen in Arles gelebt hat und van Gogh persönlich begegnet ist. Da hab ich mal ein Interview gesehen. Normalerweise denkt man ja immer: Ach ja, da gibt es diese Bilder, und dann gibt es diesen Maler. Aber dass van Gogh tatsächlich gelebt hat, das kann sich ja in Wirklichkeit kein Mensch vorstellen. Und dann erscheint da auf einmal eine schrumpelige Person, die hat ihn noch gekannt und ist sogar geliebt worden von ihm, und es ist ihr so wurscht wie nur irgendwas.

Als der Durchlauferhitzer sich abschaltet, gehe ich in die Wohnung zurück. Das Teeglas kippt von der Lehne des Campingstuhls und zerspringt auf dem Balkon.

«Was machst du?», ruft Ines aus dem Badezimmer.

Ich habe den Weihnachtsmänner-Bademantel ausgezogen und meine Sachen zusammengesucht. Ich steige in meine Hose, meine Schuhe, ich greife im Vorbeilaufen nach meinem Hemd auf dem Küchentisch.

«Was machst du?», höre ich noch einmal aus dem Bad, aber da bin ich schon zur Tür hinaus. Ich bleibe an einer Bushaltestelle stehen, und dann gehe ich weiter, und dann nehme ich ein Taxi. Ich bin klitschnass. Der Taxifahrer ist ein dicker Araber, der seine Dudelmusik hört.

«Bötzowstraße», sage ich. Er sagt kein Wort, und ich weiß nicht, ob er mich überhaupt verstanden hat. Er dreht seine Musik lauter und fährt los. Ich bin auf einmal ganz müde, aber ich mache die Augen nicht zu, weil ich fürchte, dass der Fahrer mich dann ganz woanders hinfährt. Dass er einen Umweg über Polen fährt, wo es noch schlimmer ist, oder auf den Balkan oder irgendwohin, wo ich garantiert nicht aufwachen will, wenn ich jetzt einschlafe. Taxifahrer merken sofort, wenn man in ihrem Auto einschläft, und ich massiere mir die Stirn und die Augen.

Taxis benutzt man ja eigentlich nur, wenn man nachts um fünf nach Hause will und zu besoffen ist, um geradeaus pinkeln zu können. Aber während es draußen noch hell ist, mit dem Taxi zu fahren, das kommt mir auf einmal ganz krank vor. Als wäre das ein Hinweis darauf, dass diese Gesellschaft in ihrem Innersten verrottet ist, in ihren Grundfesten verrottet. Ich denke eine Minute darüber nach, und dann kommt es mir völlig blödsinnig vor. Wieso soll eine Gesellschaft verrottet sein, in der man tagsüber Taxi fahren kann? Da ist wirklich kein Zusammenhang. Dennoch kommt es mir so vor, als ob ich recht habe. Als wir die Bötzowstraße erreichen, gebe ich dem Fahrer dreißig Mark. Er dreht die Musik wieder leiser und fährt davon.

In Anthonys Treppenhaus scheint ein fahles Licht durch die Jugendstilfenster, und ich halte mich am Treppengeländer fest, weil mir diese Fenster doch auf einmal sehr merkwürdig vorkommen. Beim Öffnen von Anthonys Haustür fällt mir ein, dass diese Wohnung gar nicht mir gehört. Ich lege mich ins Bett, mit Schuhen und Straßenklamotten und allem, und ich liege da, und die Zeit vergeht. Mein Bein tut noch weh. Ein-, zweimal spüre ich den Schlaf kommen, und ich denke, einschlafen, ja – und sofort bin ich wieder wach.

12

Als ich die Augen öffne, weiß ich nicht, wie lange ich geschlafen habe. Draußen dämmert es, und zuerst denke ich, es ist ein neuer Tag. Aber wahrscheinlich habe ich keine zehn Minuten geschlafen. Mein Kopf liegt so, dass ich Anthonys Wand sehe und die Raufasertapete. Die Tapete ist dort, wo die Bettwäsche sie abschleift, glänzender als der Rest, von einem bestimmten Blickwinkel aus aber auch dunkler und trüber. Die Tatsache, dass ich meinen Kopf hin und her bewege, um glänzend und trübe unterscheiden zu können, erinnert mich an das Gästezimmer meiner Großmutter, wo es auch diese Raufasertapete überm Bett hatte, wo mir jede einzelne Erhebung so vertraut war wie die Muster der Marmorstufen im Kindergarten, wie die Flaggen der Länder im Großen Brockhaus, wie die Klebebildbücher der Esso-Tankstelle. Ich finde den Gedanken unerträglich, dass diese Welt eines Tages mit mir zusammen untergeht. Ich glaube, ich habe Fieber.

Ich rufe Desmond an, ob er noch was vorhat heute Abend. Kino, sagt Desmond. Ich bin erleichtert, seine Stimme zu hören. Ich habe überhaupt keine Lust auf Kino, und ich sage, großartig, ich komme mit, ich komme gleich rüber. Ich suche Anthonys Badezimmer nach Medikamenten ab. Im Spiegelschrank finde ich neben perlenbestickten Schminktäschchen eine Schachtel Paracetamol und nehme vorsichtshalber mal gleich zwei davon.

«Wie siehst du denn aus?», fragt Desmond unterm Türsturz, und ich sage, dass ich glaube, dass ich Fieber habe. Desmond hat nur eine Anzughose an, und die Hosenträger hängen an den Seiten herunter. Er fühlt meine Stirn, seine Hand riecht nach Rasierwasser, und er sagt, ich geb dir mal ein Aspirin. Er stellt ein Glas Wasser auf den Küchentisch, wirft eine Zinktablette und ein Aspirin plus C rein, und dann sagt er: «Und soll ich noch etwas Brausepulver hineinschütten, Monsieur Le Misanthrope?»

Ich habe noch nie gesehen, wie sich zwei Brausetabletten in einem Glas auflösen, und starre in das Glas. Ich muss daran denken, wie es wäre, wenn morgens zwei Sonnen aufgingen statt einer. Ähnlich verwirrend wäre das.

Dann klingelt es an der Tür. Zwei blonde Unterwäschemodels kommen rein, zwei Mädchen. Desmond stellt sie mir vor, und ich habe ihre Namen im gleichen Moment vergessen. Natürlich sind sie keine Unterwäschemodels, aber so etwas Ähnliches vermutlich, sie haben H & M-Klamotten an.

«Welch ein Dualismus der Ereignisse», sagt Desmond und stellt ihnen Bananenmilch auf den Tisch. Ich schaue in mein Glas. Die Brausetabletten haben sich jetzt an den Rand des Glases gedrückt. Nicht direkt entgegengesetzt, aber so auf zehn vor zwei.

«Beachtet ihn gar nicht. Er löst gerade ein dringendes kopernikanisches Problem, Monsieur-der-Halley'sche-Kometen-Entdecker», sagt Desmond.

Das Telefon klingelt. Desmond lässt mich allein mit den blonden Sonnenscheinchen. Sie kichern synchron, und ich versuche gar nicht erst, sie unterscheiden zu wollen. Warum kann ich mich nie in so etwas verlieben? Die eine fragt, ob ich mit ins Kino komme. Ich nicke, und dann fragt die andere, was ich heute so gemacht habe.

«Nix», sage ich, weil ich annehme, dass sie mir erzählen will, was sie gemacht hat.

«Nix, du kannst doch nicht nix gemacht haben.»

«Ich war in der Pathologischen.»

«Die hat am Dienstag auf?»

«Was ist heute für ein Tag?»

«Herrje, Desmond!» Sie hebt ihre Stimme. «Hast du eigentlich keine *normalen* Bekannten?»

«Was ist heute für ein Tag?», frage ich nochmal.

«Er lernt gerade sprechen. Er macht große Fortschritte», ruft Desmond aus dem Flur und hält mit einer Hand die Muschel des Telefonhörers zu.

«Und was haben wir da so gesehen in der Pathologischen?», fragt die andere.

«Einen fußballfeldgroßen Dickdarm.»

«Ein Dickdarm, so groß wie ein Fußballfeld. Sehr schön, sehr schön. Das ist ja ekelhaft. Und sonst?»

«Nichts sonst.»

«Du hast den ganzen Tag einen Dickdarm gesehen.»

«Ja.»

«Und würdest du deinen Tag als erfolgreich bezeichnen?», fragt die Erste wieder.

Ich weiß nicht, woher sie das Selbstbewusstsein nimmt, derart zudringlich zu werden. Ich sehe auf das Tischtuch, dann auf die Mädchen, und in meinem Schädel hämmert es noch immer. Ich nehme einen Schluck aus dem Wasserglas.

«Der Herr leiden gerade unter Supersensibilität und Hyperästhesie.» Desmond hat aufgehört zu telefonieren. Er trägt noch immer kein Hemd, hat jetzt aber die Hosenträger über die nackten Schultern gezogen. Die Mädchen kichern erwartungsvoll. Ich würde gern etwas ähnlich Witziges antworten, aber mir fällt nichts ein. Nach der Bananenmilch verabschieden sich die beiden wieder. Sie sagen, sie müssten noch was essen, aber wir könnten uns dann ja im Kino weiter so ekstatisch unterhalten. Dabei grinst die eine mich an in einer Weise, die man wirklich nur obszön nennen kann, mit leicht geöffneten Lippen.

«Was ist los?», fragt Desmond, als sie gegangen sind.

«Nichts», sage ich.

«Was hast du heute gemacht?»
«Nichts. Gelesen.»
«Und was?»
«Solschenizyn.»

Lange Pause. Desmond riecht an seinem Handgelenk, und dann hebt er den Arm hoch, um unter der Achsel zu riechen. «Ich sollte eigentlich nochmal ein Wannenbad nehmen», sagt er.

Mein Kopfschmerz beruhigt sich ein bisschen. Lass mich hier liegen, es ist nur ein Kratzer, denke ich, und Desmond läuft raus, weil schon wieder das Telefon klingelt. Sieht ganz so aus, als ob das ein unterhaltsamer Abend würde. Als ob man sich gut amüsieren könnte. Wenn man dazu aufgelegt wäre.

Die Wasserhähne im Badezimmer werden aufgedreht. Ich ziehe aus einem Packen Zeitungen die TV Movie und blättere sie durch, und ich trinke schon wieder Whisky. Bier war nicht da. Auf RTL 2 kommt *Perdita Durango*, und mir fällt ein, dass ich den Film zum ersten Mal mit Desmond zusammen gesehen habe, vor ein paar Jahren, als wir uns gerade kennengelernt hatten und er noch heterosexuell war. Glaube ich jedenfalls, dass er das damals noch war. Er war von Rosie Perez genauso begeistert wie ich. Rosie Perez spielt auch noch in *White Men Can't Jump* und in *Do The Right Thing*, wenn mich nicht alles täuscht, aber am besten ist sie in *Perdita Durango*.

Es klingelt wieder an der Tür.

«Machst du mal auf», ruft Desmond aus dem Bad, «das ist Paul oder die Mädchen.»

Es ist Paul. Ein untersetzter Rothaariger, der wie an der Schnur gezogen an mir vorbei in die Küche läuft.

«Wo ist Desmond?», sagt er.

Ich nicke mit dem Kopf in Richtung Badezimmer. Paul

ist Journalist, wenn ich das richtig verstanden habe, und laut Desmond einer der geistreichsten Menschen, die man sich vorstellen kann. Man sieht es ihm nicht an.

«Prost», sage ich, um nicht gar nichts zu sagen.

Wir sitzen in der Küche. Paul blättert die Zeitungen durch. Ich habe meine Faust auf die TV Movie gelegt und mein Kinn auf die Faust. Paul fragt, ob ich auch mit ins Kino komme, und ich sage, dass ich es noch nicht weiß. Ich mache gerade Experimente mit meinen Augen und schaue schräg auf das Foto in der TV Movie. Die Druckerschwärze reflektiert das Licht, und eine Art Negativ erscheint. Es ist die Szene, wo Rosie Perez mit der Pistole in der Hand aus der Tür stürmt. Was sie ja genaugenommen in jeder Szene des Films macht. Der Film hat zwei Sterne gekriegt.

Ich frage Paul, ob er *Perdita Durango* kennt. Paul kratzt sich am Unterarm, sehr ausführlich, und ich sehe, dass er Schuppenflechte hat.

«*Pulp Fiction* im Bohnenfeld», sagt er. Er hebt den Arm hoch, um ihn kurz zu betrachten, und kratzt dann weiter.

«Du bist aber nicht der Typ, der zurzeit bei Anthony wohnt, oder?»

«Nee», sage ich und meine seine Bemerkung über *Pulp Fiction* im Bohnenfeld. Ich blättere in der TV Movie zurück und lese die Filmkritik, weil ich annehme, dass da so etwas Ähnliches drinsteht, aber da steht nur: *Erotischer Thriller mit Rosie Perez, düster und leidenschaftlich.*

«Wieso?»

«Issn ziemlicher Vollidiot», sagt Paul, und mir fällt auf, dass ich mich getäuscht habe. Er hat gar keine roten Haare. Er hat Sommersprossen und weiße Haut. Seine Haare sind braun. Auf Fotos sehen sie wahrscheinlich rot aus. Er steht auf und geht an den Kühlschrank. Ich fühle, wie mir wieder schwindlig wird, und ich sage: «Ein Freund von Desmond oder was?»

«Nicht wirklich. Irgend so ein Ex-Bekannter, der sich bei Anthony einquartiert hat.»

Er holt eine Tupperware-Dose hervor, schüttelt sie, hält sie prüfend gegen das Licht und stellt sie zurück.

«Mein Gott, guck dir das an. Alles verschimmelt. Guck dir diesen Kühlschrank an, und du weißt: Hier wohnt das *Genie*!» Er kichert lautlos vor sich hin.

Aus einem Plastikbeutel, der mit Oliven gefüllt ist, tropft Öl auf den Fußboden. Paul schlenkert den Beutel in den Mülleimer und wischt seine Hand an der Hose ab.

«Desmond ist nicht gerade gut unterwegs im Moment.»

«Wegen dem Typ?», frage ich. «Oder wegen dem Kühlschrank?»

«Mh-mh», sagt Paul, und dann klammert er sich mit beiden Händen an die Kühlschranktür, und ich sehe, wie er Desmond nachmacht, der mich nachmacht, wie ich mich am Türpfosten festhalte und sage: «Alles so fremd hier! Mein Leben! Die Liebe! Der Türpfosten! Ach, ach, ach!»

Er schwingt an der Kühlschranktür hin und her.

«So einer», sagt er.

«Iiih», sage ich.

Er hebt demonstrativ ein Stück unverschimmelten Käse hoch, und ich sage: «Nein, danke.» Er schneidet mit dem Brotmesser ein großes Stück ab und wickelt den Rest in die Plastikfolie zurück.

«Wir müssen auf jeden Fall hier weg, bevor – apropos, kennst du Anthony?»

Ich schüttle den Kopf. Er kann es nicht sehen. Er hält das Brotmesser unter den Wasserstrahl, während das Käsestück zwischen seinen Zähnen steckt, wischt mit Daumen und Zeigefinger die Klinge ab und legt das Messer zurück auf die Spüle.

«Musst du mal kennenlernen», sagt Paul. «Eine One-Man-Boygroup.»

Das Geräusch einfließenden Wassers aus dem Badezimmer verstummt. Ich überlege, ob Desmond uns jetzt hören kann. Paul setzt sich wieder an den Tisch und sagt: «Hast du den Film gesehen, wo Harvey Keitel diesen drogenkranken Cop spielt?»

«Was?»

«*Bad Lieutenant*. Da ist jetzt ein neuer Film im Central, vom selben Regisseur.»

«Aha», sage ich.

«Wir können natürlich auch in den neuen Wenders gehen», sagt Paul.

Er schlägt das Zeit-Feuilleton auf und fängt an, einen Artikel zu lesen, der mit Paul Soundso unterschrieben ist. Er fährt mit dem Daumen die Zeilen herunter, und ich denke, wahrscheinlich liest er gerade seinen eigenen Artikel. Auf dem Tisch liegt ein Wachstuch mit einem rotweißen Karoaufdruck. Ein paar Krümel vom Frühstück liegen noch herum, und ich schiebe sie mit dem Mittelfinger so hin, dass in jedem weißen Kästchen genau ein Krümel zu liegen kommt. Als ich damit fertig bin, trinke ich meinen Whisky in einem Zug aus. Paul schaut mich an, und mir fällt ein, dass er in Wirklichkeit genau Bescheid weiß. Er weiß genau, wer ich bin und was ich hier mache. Das ist alles nur ein Spiel.

«Ich hab es mir überlegt», sage ich, «ich gehe doch nicht mit ins Kino.»

Paul lacht und sagt: «Das war doch nur Spaß mit dem Wenders.»

«Ich weiß», sage ich.

Ich ziehe meine Jacke an. Aus dem Badezimmer ist leises Plätschern zu hören. Desmond hat die Angewohnheit, nie ohne ein paar Schiffe oder wenigstens Seifenschachteln zu baden, und als ich die Wohnungstür öffne, höre ich, wie gerade die Torpedos einschlagen und Pearl Harbor in Flammen aufgeht.

Vor dem Haus kriege ich einen Schlag in den Magen, ich krümme mich zusammen. Wahrscheinlich Krämpfe, oder Krebs. Das Muster der Pflastersteine unter meinen Füßen sieht aus wie eine chinesische Bedienungsanleitung. Als ich mit Zusammenkrümmen fertig bin, suche ich in meiner Jacke nach einem Tempo-Taschentuch. In die nächste Kneipe, die Blue Moon oder so heißt, gehe ich rein. Eine supernett aussehende Bedienung mit kurzen schwarzen Haaren kommt mir entgegen. Ich gehe auf die Toilette, und dann spucke ich ein bisschen in das Waschbecken. Ich spüle meinen Mund aus, ich wasche mein Gesicht, das ganz verschwitzt ist, und weil es kein Handtuch gibt, laufe ich mit nassem Gesicht aus der Kneipe. Friedrichshain runter und dann rechts, und dann immer weiter. Keine Ahnung. Wahrscheinlich ist das alles eine Schnapsidee.

Als ich ein paar Kilometer gelaufen bin, versuche ich, von einer Telefonzelle aus Erika anzurufen, aber mir fällt die Vorwahl von Frankfurt nicht ein. Ich will die Auskunft anrufen, aber auch die Nummer der Auskunft weiß ich nicht. Da gibt es ja inzwischen so viele Auskünfte, das kann sich ja keine Sau mehr merken. Es ist auch niemand zu sehen, den ich fragen könnte. Ich weiß nicht, wo ich bin. Die Gegend ist ausgestorben und schlecht beleuchtet. Riesige Steinbauten, die aussehen wie diese Faschistenarchitektur in Nürnberg. Auf der Suche nach einer Telefonzelle mit Telefonbüchern komme ich an einem Sex-Shop vorbei. Der Sex-Shop ist ultraviolett ausgeleuchtet, und außer der Kassiererin und einem Mann, der mit Feudel und Eimer die Videokabinen wischt, ist niemand zu sehen.

Ich gehe in eine Kabine und ziehe die Tür zu, werfe fünf Mark ein und klicke die hundertachtundzwanzig Kanäle durch. Ich bleibe an einem Film hängen, wo eine Frau mit einem Puppengesicht ganz riesige Brüste hat. Auf den Brüsten drauf sind kleine fleischfarbene Spieße, bestimmt neun oder zehn Zentimeter lang, steil nach vorn, da, wo die Brustwarzen normalerweise sitzen, und ich frage mich, ob die wohl echt sind. Ihr Partner in dem Film ist ein jüngerer Mann, und als der sich an diesen Spießen zu schaffen macht – nicht wirklich wild, eher so, als hätte der Regisseur aus dem Off zu ihm gesagt: Nun fass die Dinger doch mal an –, da sieht man, dass das keine Attrappen sind. Die sind wirklich echt. Ich überlege, wie die Frau wohl bekleidet aussieht, ob sie ihre meterlangen Brustwarzen da irgendwie in ihrem BH verstecken kann, und es ist schade, dass man das nicht erfährt in dem Film. Wahrscheinlich hat sie ein Leben lang gelitten unter dieser Missbildung und ist immer ausgelacht worden in der Pubertät, und deswegen ist sie dann auch zum Pornofilm gegangen, und während ich noch darüber nachdenke, wie sich dort beim Casting alle riesig über sie gefreut haben, über ihre phantastischen Brustwarzen, ist plötzlich mein Geld alle, bevor ich noch richtig fertig bin, und von außen hämmert der Ladenbesitzer an die Kabinentür, weil das rote Licht über der Tür erloschen ist. Ich bin einigermaßen erschrocken, dass er da von außen so gegenhaut, obwohl er doch genau wissen muss, was ich hier gerade mache.

Ich ziehe also meine Hosen wieder hoch und stecke das Portemonnaie ein. Ich öffne die Tür. Am Eingang frage ich die Kassiererin, ob sie zufällig die Vorwahl von Frankfurt weiß, und sie hebt zum Zeichen, dass sie nachdenken muss, eine Hand und bedient währenddessen mit der anderen den CD-Player, der den Laden mit Oasis beschallt.

«Ich weiß nicht. Ich glaube, 089.»

«089 ist München», sage ich.

«Da isses doch auch schön. Ruf doch da an, Jungchen», sagt sie, und ich weiß nicht, was ich antworten soll. Ich hebe den Daumen, um ihr zu zeigen, wie gut mir ihr Humor gefällt. Aber da nähert sich schon von hinten der Mann mit dem Putzeimer, der offenbar auch der Ladenchef ist, der eben an meine Tür gehämmert hat, weil er den Ärger gerochen hat, und ich ergreife die Flucht. Draußen ist es auf einmal viel heller als in dem Laden. Eine helle Nacht. Ich gehe in irgendeine Richtung, und dabei fällt mir ein, was ich heute Abend machen werde. Ich werde mich nämlich besaufen. Und zwar richtig.

13

Ich gehe in die nächste Eckkneipe, an der ich vorbeikomme, trinke ein kleines Pils für drei Mark und gehe dann weiter, zweihundert Meter, und da trinke ich wieder ein kleines Pils. Das fängt an, gut zu funktionieren. Ich trinke einfach in jeder Eckkneipe, an der ich vorbeilaufe, ein kleines Pils. In der dritten Kneipe ein großes Pils, in der vierten auch. Ich lasse alles, was nach Szenelokal aussieht, links liegen und gehe nur in Kneipen mit Holzvertäfelung und Sportpokalen über der Theke und Namen wie Eck-Kartause oder Pilsner Stüberl. Und das Schöne daran ist, da stehen dann so Frauen mit Perückenfrisuren hinter der Theke, die gar nicht warten, bis man den Mund auftut, sondern gleich: «Ein Bier?» rufen und schon die Hand am Zapfhahn haben, egal, ob man diese Schultheiss-Brühe wirklich will oder nicht. Das ist schon sehr erfreulich, dass es das noch gibt, mitten in dieser riesigen Stadt.

Nach sechs oder sieben Kneipen lande ich im Kaffee Burger in der Torstraße, einem völlig heruntergekommenen 70er-Jahre-Wohnzimmer mit speckigen Häkelvorhängen und Ostdevotionalien an der Wand, und ich merke zu spät, dass das Ganze keine Stüberl-Kneipe mehr ist. Und zwar merke ich das daran, dass die Musik, die da läuft, nicht wirklich scheiße ist und überall nur ganz, ganz junge Leute in Trainingsjacken rumstehen. Sie sind alle noch schlechter angezogen als ich, das heißt also eigentlich besser, denn die Masse hat ja irgendwie immer recht. Ich versuche, ein Bier zu bestellen, und es dauert eine Dreiviertelstunde, bis die Bedienung reagiert. Dass man nicht bedient wird, gehört in solchen Clubs ja dazu. Keine Bedienung, Hosen ohne Form und grauenvoll bedruckte T-Shirts. Ich fühle mich da immer ein bisschen ausgegrenzt.

Das Komische daran ist, wenn man nach Marzahn rausfährt oder in die anderen Elendsquartiere, sind die Leute genauso gekleidet. Da sitzen die Kinder vor den Supermärkten auch noch mit Stoffhosen und blauer Adidas-Trainingsjacke, genau wie hier. Außer dass die hier Achttausendmarkjobs machen und Kommunikationsbrillen aufhaben. Das haben die Kinder in Marzahn natürlich nicht. Da ist das noch 70er-Jahre-Elend, während das hier 21. Jahrhundert ist. Wenn man von hier nach Marzahn läuft, kann man wahrscheinlich sogar eine kontinuierliche Zeitreise unternehmen durch alle Moden und Haltungen der letzten dreißig Jahre. Die 90er in Friedrichshain, die 80er in Lichtenberg, die 70er in Marzahn. Und wenn man dann über Marzahn hinausläuft, was man nie tun sollte, landet man irgendwann wieder im Faschismus.

Neben mir steht eine Gruppe von Männern, die alle aussehen, als hätten sie ihre Jugend mit Spex-Lesen drangegeben, und da erkenne ich einen wieder. Der war vor ein paar Tagen im Meilenstein mit dabei. An seinen Namen kann ich mich nicht erinnern, aber er spricht mich an und fragt, wo ich Desmond gelassen hätte. Das heißt, er sagt Des. Wo ich Des gelassen hätte.

«Keine Ahnung», sage ich.

Wir unterhalten uns eine Weile, und es ist eigentlich ein sehr angenehmes Gespräch, außer dass er dauernd von etwas begeistert ist, und ich bin immer in der Klemme, was ich darauf antworten soll. Dazu, dass Don DeLillo der beste Schriftsteller der Welt ist oder Domian die Ikone der Trashkultur, dazu kann ich wirklich nicht viel sagen. Er redet wie ein Stadtmagazin. Aber es ist in jedem Fall besser, als gar nicht zu reden, sonst fällt mir nur wieder dieser ganze Unsinn ein. Warum das immer so enden muss. Und ich will da wirklich nicht mehr drüber nachdenken.

Ich erzähle ihm von meiner Erfindung mit dem Zeitreisen und Marzahn, aber ich drücke mich ungeschickt aus, oder er versteht mich nicht. Jedenfalls antwortet er, dass er noch nie in Marzahn war. Ich glaube, er hält mich sogar für ein bisschen zurückgeblieben, und das gefällt mir irgendwie nicht. Manchmal amüsiert mich das, wenn Leute, die ich für doof halte, mich auch für doof halten, aber manchmal auch nicht. Wir trinken unser Bier, er dreht sich ab und zu um, aber er kennt auch keine interessanteren Leute hier. Dann erzählt er etwas von einem Möbelgeschäft. Einen unglaublichen Blödsinn. Angeblich werden da gar keine Möbel verkauft, und das Möbelgeschäft sei gar kein Möbelgeschäft, sondern ein Simulakrum.

«Ein was?», sage ich, und er sagt, ein Möbelgeschäft für Leute, die ironisch wohnen, ein ganz verrücktes Konzept, also verrückt mit Bindestrich, und dann klingelt sein Handy. Peng, peng. Ich glaube, ich drehe langsam ab. Verrückt mit Bindestrich, das habe ich vor zwanzig Jahren zuletzt gehört. Das mussten damals immer so Leute wie André Heller oder Dorothee Sölle sagen. Aber heute verstehe ich nur noch Bahnhof. Oder das ist wieder diese Adidas-Trainingsjacken-Ironie.

Der Mann starrt konzentriert auf sein Handy, um im Dunkeln die Auflegetaste zu treffen, steckt das Gerät in die Seitentasche seiner Hose und lächelt mich an. Beim Sprechen tatscht er immer an mir herum, und vorsichtshalber erkundige ich mich mal, ob er vielleicht schwul ist, weil, ich will jetzt wirklich nicht auch noch einen Schwulen an den Hacken haben. Aber er sagt nein, und mir fällt ein, dass er ja gar nicht schwul sein kann, weil er doch neulich dieser Frau, die so aussah wie Gina Gershon, hinterhergelaufen ist.

«Früher hatte ich ganz lange Haare, da haben mir die Homosexuellen die Bude eingerannt», sagt er. Ich sage, das würde er ja wohl selbst nicht glauben, und zum Beweis holt er seine Bahncard aus dem Portemonnaie, und dann, als ob das nicht reicht, eine Karte, die ihn als irgendwas von einer Bundestagsfraktion ausweist.

«Das ist ja unglaublich», sage ich, «du hattest ja früher richtig lange Haare», und ich kann kaum noch an mich halten, was das für ein Gebaren ist, hier wildfremden Leuten solche schlimmen Karten zu zeigen. «Richtig, richtig, richtig lange Haare.»

Das ist so die Sorte Gespräch, die ich immer führen muss, bevor ich mich völlig ausklinke.

Schließlich will er noch woandershin, in eine illegale Kneipe, und ich sage einfach, dass ich mitkomme. Wir gehen raus, die Luft ist frisch. Nebenan vor einem schlecht erleuchteten Laden stehen Leute auf der Straße, die alle aussehen wie Künstler, Menschen ohne Geschmack, Stolz und Internetzugang, und mein Begleiter sagt: «Das ist das Möbelgeschäft.»

Er erzählt von einem Basenbrock, der der Besitzer dieses ominösen Geschäfts sei, während ich mir beim Gehen schon mit einer Hand ein Auge zuhalten muss, um nicht umzufallen. Mindestens drei Straßenzüge lang kriege ich jetzt die Geschichte von Basenbrock aufgetischt. Brillant, sage ich, brillant, ich sollte mich mehr mit diesem Situationismuskack beschäftigen, und dann bitte ich ihn, mir mal kurz sein Handy auszuleihen, weil ich Ines anrufen will. Es piepst, es wird abgenommen, und ich sage: «Ich bin's. Ich wollte –»

Schweigen am anderen Ende der Leitung. Dann eine männliche Stimme: «Was ist?», und ich lege auf und gebe das Handy zurück.

«Niemand da?», fragt mein Begleiter, und ich sage, dass ich die Nummer nicht richtig im Kopf habe. Was vermutlich gelogen ist.

Wir zwängen uns durch ein großes Eisentor in einen Hinterhof, wo wir vor lauter Dunkelheit stehen bleiben. Als sich meine Augen an die Lichtverhältnisse angepasst haben, erkenne ich am Ende des Hofes hinter dem Bauschutt einen Kellereingang, wo viele Leute rein- und rausgehen. Auf den Treppenstufen brennen ein paar Teelichte, und die Luft, die von unten kommt, ist am Anfang so schlecht, als wäre da gar keine Luft. Wir steigen in dieses schmutzige Loch, und ich habe so eine Vorahnung, dass das doch alles nicht gut gehen kann.

Das Gewölbe ist an den höchsten Stellen vielleicht einsneunzig hoch, ständig knallt man mit dem Kopf an irgendwelche Eisenträger. Aber es ist ziemlich weitläufig und verzweigt, und das Gute daran ist, dass ich Enrique sofort aus den Augen verliere. Der heißt nämlich Enrique, das fällt mir jetzt wieder ein.

Ich brauche ziemlich lange, um an die Theke zu kommen, die irgendwo als eine Art Baugerüst auftaucht. Davor stehen so viele Leute, dass man sich auf dem Weg dorthin nicht bewegen kann. Aber es ist nicht unangenehm. Die meisten Leute sehen ziemlich gut aus, es wird viel Englisch und Spanisch geredet. Von einem verrosteten Eisenrohr unter der Decke tropft Kondenswasser. Ein Mädchen presst sich noch enger an mich, um den Wassertropfen auszuweichen. Ich kann ihr Parfüm riechen, und an der Theke, als ich mein Bier bezahlen soll, muss ich sie bitten, mein Portemonnaie aus der Gesäßtasche zu ziehen, weil ich da selbst nicht mehr rankomme in dem Gedränge. Sie gibt mir das Portemonnaie über die Schulter. Schließlich werde ich auf einen Hocker gespült, mit dem Rücken zur Theke, und ich überlege, was wohl passiert, wenn hier eine Panik ausbricht. Nicht einer von zweihundert Leuten würde lebend rauskommen. Aber das ist kein besonders beunruhigender Gedanke.

Auf dem Barhocker fühle ich mich wie ein Bademeister auf seinem Hochsitz. Die Sonne scheint, das sanfte Spritzen des Wassers und das Kindergeschrei hallen vom Nichtschwimmerbecken zu mir herauf, aufblasbare Gummitiere fliegen durch die Luft. Ich kann die Leute anschauen, und ich kann die Musik hören, und ich muss nichts tun. Ein warmer Nebel des Glücklichseins hüllt mich ein, obwohl mir natürlich klar ist, dass das vom Alkohol kommt. Dann kriege ich einen Ellenbogen in die Seite, jemand sagt Entschuldigung, und auf den Platz neben mir hat es eine schöne Frau gesetzt. Wobei schön jetzt nur eine Umschreibung ist.

«Super, oder?», sagt die Frau, womit sie offensichtlich die Musik meint. Das ist natürlich ein furchtbarer erster Satz. Aber ich finde erste Sätze fast immer furchtbar. Die Frau hat ein weißes Top an, das im UV-Licht leuchtet, und exakt konturierte Lippen. Sie ist etwas jünger als ich und arbeitet seit zwei Jahren in einer Internetklitsche. In Berlin lebt sie aber schon seit vier Jahren, und kommen tut sie eigentlich aus Freiburg. Das alles erzählt sie mir sofort und ungefragt, und mir fällt ein, dass ich nicht einmal weiß, was Ines eigentlich macht. Wir haben nicht darüber geredet.

Bei jedem neuen Musikstück unterbricht die Frau die Unterhaltung, nennt mir Titel und DJ und fragt, wie ich das finde. Super, sage ich jedes Mal, und sie lacht. Der Lippenstift an ihrer Unterlippe ist leicht verwischt, und ich denke, wenn es mir nachher gelingt, sie unauffällig darauf aufmerksam zu machen, auf diesen verwischten Lippenstift, dann landen wir heute Nacht im selben Bett.

Nur ein Bier später ist der Punkt der Geschichte erreicht, wo ich mit Vornamen bombardiert werde. In diesem Fall: Brigitte, Axel, Barbara, Steffi.

«Steffi?», frage ich irgendwann dazwischen.

«Na, die Steffi, mit der ich auf Koks war, hab ich doch erzählt.»

Der Barkeeper beugt sich zwischen uns herunter und schreit jemanden an, was er trinken will. Seine keksschachtelgroßen Koteletten tauchen vor meinem Gesicht auf, und mir fällt ein, dass ich mich verhört habe. Natürlich war sie nicht auf Koks mit Steffi, sondern auf Korsika. Ich schaue auf diese unsäglichen Koteletten fünf Zentimeter vor meinen Augen, und ich denke, wenn man mir zwanzig Kilogramm Fisch von hinten in die Hose geschaufelt hätte, könnte ich nicht irritierter sein. Koteletten sind noch schlimmer als FKK-Strände oder eingewachsene Eheringe, unerträglich und obszön. Dann geht die Schranke wieder hoch, und die Lippen kommen zurück.

«Dein Lippenstift ist da unten etwas verwischt», sage ich und tippe meinen Zeigefinger in die Luft, aber sie hat mich nicht gehört oder nicht verstanden. Es geht um Easy Listening mittlerweile, und ich nicke, und ich überlege, ob wir schon so weit sind, dass ich den verwischten Lippenstift mit meinem Finger wegtupfen könnte.

«Und was machst du?»

«Was mache ich?»

«Ich meine, studierst du?»

«Ja, nein», sage ich. Ich erzähle ihr umständlich, dass ich gerade ein Möbelgeschäft eröffnet habe. Kein normales Möbelgeschäft, ein ironisches Möbelgeschäft. Ein Simulakrum, um genau zu sein. Basenbrock mein Name.

Sie nickt, als ob sie was verstehen würde. Ich beuge mich etwas vor, während ich rede. Ich bin wirklich schon nicht mehr ganz klar im Kopf. Ich schaue auf die großen Brüste vor mir, was ich sonst eigentlich nicht mache bei Frauen, und dann schaue ich an die Decke, die aus lauter kleinen Ziegelsteingewölben besteht und nur an einer Stelle dick mit weißer Farbe gestrichen ist. Die Frau legt mir wie aus Versehen die Hand auf den Oberschenkel.

Wahrscheinlich denkt sie darüber nach, was sie jetzt sagen

soll, wo ich ihre Brigittes und Steffis klar in den Schatten gestellt habe, während ich darüber nachdenke, ob ich morgen früh wirklich neben einer Frau aufwachen will, die in den Sommerferien auf spanische Inseln fährt und DJ Bobo persönlich kennt. Am Ende bin ich so mitgenommen von dem ganzen Quatsch, dass ich sie nach ihrem Sternzeichen frage. Ich bin mir vollkommen sicher, wenn ich das nicht tue, kommt diese Frage als Nächstes von ihr, und da bring ich's lieber hinter mich.
«Wassermann. Und du?»
«Krokodil.»
«Nein, ehrlich.»
«Schütze.»
Ich hebe mein Bier hoch, kippe es aber zu stark, sodass es links und rechts aus meinen Mundwinkeln rausläuft wie in dieser Milchwerbung früher, und dann proste ich ihr mit dem leeren Glas zu und bestelle noch einen Wodka. Ich trinke den Wodka in einem Zug, stelle das Glas wieder auf die Theke, und dann sehe ich in der dünnen Eisschicht um das Glas herum drei Fingerkuppen von mir. In einem Museum in Luxor habe ich mal eine Tonscherbe gesehen, in der der Töpfer vor viertausend Jahren seinen Daumenabdruck hinterlassen hatte. Vor viertausend Jahren, das muss man sich mal vorstellen. Ich schwanke auf die Tanzfläche.

Die Beastie Boys laufen, *Last Exit Brooklyn*, oder ein Cover der Beastie Boys. Ich glaube, ein Cover, weil ich den Rhythmus nicht richtig hinkriege. Mühsam kann ich beim Tanzen noch das Gleichgewicht halten. Ich sehe nicht mehr gut aus, fürchte ich, und nach einer Minute bin ich vollkommen außer Atem. Ich hüpfe herum wie ein ambossgefülltes Kaninchen, und ich habe das Gefühl, dass die Leute mich anstarren. Ich falle gegen eine Wand, stoße mich ab, falle wieder dagegen und sacke zu Boden. Es ist ganz schön auf dem Boden. Vor mir nur noch Beine. An einer Säule kurz unterhalb der Decke ist ein kleines rotes Lämpchen angebracht, das unregelmäßig aufleuchtet. Es sieht wie ein Bewegungsmelder aus, aber ich kann keinen Zusammenhang entdecken zwischen den Bewegungen und dem Blinken. Es hat auch keinen Zusammenhang mit der Musik oder Teilen der Musik. Ich versuche das Licht mit meinen Gedanken ein- und auszuschalten, aber es gelingt mir nicht. Ich weiß, ehrlich gesagt, nicht, wie lange das so geht. Dann sehe ich eine Frau, die von hinten ausschaut wie Ines Neisecke. Sie trägt immer noch das gelbe T-Shirt, ich sehe die Haut zwischen Hose und T-Shirt, ich gehe um sie herum. Es ist ein Junge mit Flaum auf der Oberlippe und einer Hasenscharte.

Das nächste Bild ist: Ich stehe an der Bar, und neben mir stehen Mädchen, und die Mädchen machen identitätsstiftendes Geschrei. Die Anführerin trägt selbst gefärbte Kleidung und allerlei Verfilztes. Auf dem Kopf einen riesengroßen Bob-Marley-Gedenkhut aus rosa und grünem Stoff, der sie noch mondgesichthafter ausschauen lässt. Geradezu archetypisch, wenn ich das Wort mal verwenden darf. Auf jeder Studienfahrt der Uni Koblenz gibt es dieses Mädchen. Die funktionieren alle nach der gleichen Devise: Ich bin zwar nicht schön, und ich bin auch nicht intelligent, und mein Gesicht ist auch ein bisschen zu fett, aber dafür habe ich einen lustigen Schlapphut auf dem Kopf. Ich weiß nicht – ich hoffe, es ist klar, was ich damit sagen will. Frauen, die im R4 herumfahren und in Reggae-Discos gehen, um Asylbewerber flachzulegen.

Sie zwinkert mir zu, weil ich sie ein bisschen zu lange angeschaut habe, und dann ruft sie mir etwas zu. Dabei bilden sich Grübchen auf ihren Wangen, es sieht wirklich vollkommen verschmitzt und natürlich bei ihr aus, und mich ekelt unbeschreiblich. Das gilt natürlich auch gar nicht mir. Sie muss ihren Kolleginnen demonstrieren, wie man so was macht, wildfremde Männer für sich interessieren. Dazu muss man sagen, dass ich ja immer noch in der schmutzigen Hose dastehe, mit bekotzten Schuhen, Wodka auf dem Hemd, ein Bier in der Hand und glasigen Blickes. Also garantiert nicht die richtige Adresse für einen unterhaltsamen Abend des Studienausflugs Gender-Studies.

«Tolle Mütze», sage ich.

«Die Mütze heißt Hans-Dieter», kommt es prompt zurück.

Ihre Freundinnen kichern, obwohl sie diesen Witz garantiert schon sechsundzwanzigmal gemacht hat an diesem Abend. Es ist so ein Was-ist-unsere-Marlies-oder-Janine-doch-für-eine-Lustige-Kichern. Aber dann denke ich, vielleicht lachen sie gar nicht über die Mütze, sondern über mich, weil sie sich mir insgeheim überlegen fühlen. So wie ich mich ihnen überlegen fühle. Vielleicht denken sie, dass es Herablassung ist, wenn sie mit einer besoffenen Sau wie mir sprechen, so wie ich denke, dass es Selbsterniedrigung ist, wenn ich diesem Studienausflug antworte. Das gefällt mir irgendwie. Ich proste ihnen zu.

«Du stürzt hier öfter ab, was?», sagt die Mütze.

«Yo», sage ich und lege der Mütze die Hand auf die Schulter. Ich habe einen Ekelfetisch, falls ich das noch nicht erwähnt habe.

«Ihr seid nicht von hier, oder?»

«Sieht man das? Wir hatten uns vorgenommen, einen ganzen Abend wie Einheimische zu wirken!»

«Tübingen», antwortet die Stillste von allen.

«Ihr hättet euch verwahrloster anziehen müssen.»

«So wie du?»

«Einen schönen Menschen kann nichts entstellen.»

Prickelnde Dialoge. Das wird überhaupt noch ein prickelnder Abend, das sehe ich kommen. Zwischendurch schaue ich mich um, ob die Frau mit dem weißen Top noch irgendwo ist, aber ich kann sie nirgends entdecken. Ich bin, ehrlich gesagt, den Tränen nahe.

«Gender-Studies?»

«Was?»

«Ob ihr Gender-Studies studiert, meine ich.»

«Nee, die betreiben wir hier bloß», gibt die Mütze zurück, und dann hagelt es nur so Wortspiele auf mich ein, zum Beispiel: «Französisch!», und alle lachen wie verrückt, und es dauert ungefähr zehn Minuten, bis sich herausschält, dass sie vermutlich Germanistik studieren. Die Mütze erklärt mir den Studiengang und was man da für Möglichkeiten hat. Ich höre mir das alles an, und dann sage ich: «Wir spielen ein Spiel. Ich sage euch, was in zehn Jahren aus euch geworden sein wird, und ihr sagt mir ...»

«Bloß nicht!», sagt die eine und dreht die Augen nach oben, und mit so viel Vernunft hatte ich, ehrlich gesagt, schon nicht mehr gerechnet. Sie ist brünett, die relativ Hübscheste von allen und hat deshalb ein Mitspracherecht neben der Mütze. Sie erklärt, dass dabei doch nur Beleidigungen rauskommen, dass das vermutlich auch die Absicht ist. Dann verstehe ich ein paar Sätze nicht, und sie nennt mich einen Jackentaschen-Casanova. Jackentaschen-Casanova. Ein Mädchen spuckt einen Mundvoll Orangensaft in die Gegend. Wahrscheinlich sind sie alle bis oben hin zugekokst.

«Ich bin nicht wenig schockiert», sage ich.

«Das glaube ich dir nicht», sagt die Brünette.

«Ah», sage ich und ziehe meine Augenbrauen zornig zusammen. Ich habe keine Ahnung, worüber wir gerade sprechen. Ich konzentriere mich jetzt ganz auf die Brünette, aber nach einer Viertelstunde oder so verlassen mich die Kräfte. Nachdem ich sie lange genug über mein Möbelgeschäft unterrichtet habe, flüstere ich ihr ins Ohr, dass sie die Frau meines Lebens sei, ohne Scheiß, das hätte ich gleich erkannt, und so weiter und so weiter. Sie reagiert hysterisch.

«Nicht in diesem Ton!», ruft sie.

«Ich meine es ernst. Wurdest du schon mal mit Gwyneth Paltrow verwechselt?»

«Wer ist Winnie Palto?»

«Eine Sängerin. Eine Berühmtheit. Sie hat mehr als zwanzig Grammys gewonnen.»

«Vorsichtig», sagt die Brünette und tippt mit Zeige- und Mittelfinger in Richtung meiner Halsschlagader. «Vorsichtig. Du gehst auf ganz dünnem Eis.»

Ich habe keine Ahnung, was sie damit meint, aber ich bin ziemlich sicher, dass sie es auch nicht weiß. Dabei meine ich es ernst, sie sieht ein bisschen aus wie Gwyneth Paltrow. Wie Magerquark. Vorsichtshalber entschuldige ich mich wieder bei ihr, für den Fall, dass ihr doch noch einfällt, wer oder was Gwyneth Paltrow ist. Ich lobe ihren guten Kleidergeschmack und noch irgendwas, und ich versuche, nicht zu schwanken.

Schließlich fangen wir an, uns über die Attraktivität der Frauen und Männer in unserem Blickfeld zu unterhalten. Wir schauen uns alle genau an und schätzen sie auf einer Skala von eins bis zehn ein. Meistens sind unsere Wertungen völlig konträr, insbesondere bei den Frauen. Sie findet alles schön, was lange glatte Haare und ein Musgesicht hat, also so wie sie selbst. Ein Mann mit Wickelrock bekommt bei ihr die Höchstpunktzahl. Zum Schluss werde auch ich bewertet.

«Ich würde dir das jetzt nicht sagen, aber – auf meiner Skala würdest du auf sechs oder sieben kommen, wenn du diesen Penner-Aufzug mal ablegen könntest. Du bist bestimmt auch nicht doof oder so. Aber ich glaube, ehrlich gesagt, du hast ein Problem.» Sie nimmt einen Zug aus ihrer Zigarette. «Ein ziemliches Problem.»

Ich deute durch ein Kopfnicken an, dass ich so weit folgen kann, dass es mich betrifft, dass ich aber auch noch mehr in der Richtung vertrage.

«Du weißt, wie ich darauf komme?»

«Nein.»

«Ganz einfach», sagt sie, und dann fängt sie an, meinen Charakter zu analysieren, der offenbar eine Art Glücksrad ist. Mal sind diese Eigenschaften oben, mal die anderen. Im Moment, sagt die Brünette, ist die Fühlen-Seite gerade unten, die Denken-Seite oben, und insgesamt herrscht großes Durcheinander. C. G. Jung, die alte Gulaschkanone.

«Treffender bin ich noch nie analysiert worden», sage ich.

«Ich habe eine ziemlich gute Menschenkenntnis.»

«Das merke ich.»

«Dein Problem ist, dass du dich hinter so einer Art Zynismus versteckst. Wie du zum Beispiel versuchst, mich anzubaggern. Natürlich nicht auf die ernste Tour. Aber du würdest das nicht tun, wenn du nicht ein echtes Interesse an mir hättest.»

«Ich muss mal auf Toilette», sage ich, aber sie hält mich fest.

«Gleichzeitig versuchst du, auf Distanz zu bleiben, weil du Angst hast, dass ich das nicht erwidere. Du spielst eine Rolle, und du weißt es gar nicht. Das ist dein Problem.»

«Ich sag doch, wir sind das perfekte Paar.»

«Ich kann dir ein Buch empfehlen», sagt sie und nennt irgendeinen Titel, den ich mir nicht merken kann. In diesem Moment erscheint die Mütze und sagt, dass sie los müssten. Sie wirkt jetzt nicht mehr gut gelaunt. Das Taxi wartet schon.

«Vielleicht sehen wir uns ja doch noch einmal», sagt meine Brünette zum Abschied.

«Hoffentlich», sage ich.

Ich trinke mein Bier mit einer übertriebenen Armhaltung aus, so den Ellenbogen nach oben gereckt, und überlasse meine neuen Freundinnen ihrem Schicksal. Der Barkeeper schaut mich an, und da versinke ich fast im Boden vor Scham. Ich hoffe, er hat unser Gespräch nicht gehört. Ich hoffe, niemand hat das gehört. Das wäre mir wirklich peinlich jetzt.

«Ein Bier, ein Wodka», sage ich. Ich lehne mich mit dem Rücken an die Theke, sodass ich den Studienausflug, der kurz vor einer Stromschnelle stecken geblieben ist, nicht sehen kann. Dann halte ich wieder Ausschau nach der Sternzeichenfrau. Ich laufe durch das endlose Kellergewölbe, und von außen betrachtet sieht es bestimmt schon ziemlich lächerlich aus, wie ich da so herumlaufe, völlig betrunken und offensichtlich auf der Suche nach jemandem. Schließlich sehe ich sie in einer dunklen Ecke stehen. Verglichen mit den Tübinger Grazien, wirkt sie absolut hinreißend. Neben ihr steht jetzt der Mann mit dem Wickelrock. Außer dem Wickelrock trägt er noch eine große blaue Plastikarmbanduhr und die üblichen Piercings und Bärte. Mir ist alles egal, ich platze einfach so in ihre Unterhaltung.

«Supermusik!», sage ich.

«In der Tat, göttliche Musik», sagt der Mann mit einem heftigen Akzent. «Man beachte die unglaublich fortschreitenden Harmonien.»

Die Frau lacht. Keine Ahnung, warum sie lacht oder in was für einem Verhältnis sie zu dem Wickelrock steht. Aber auf einmal, während ich sie anschaue und ihr wunderbares weißes Top, habe ich das Gefühl, als würde ich die Nacht allein nicht überleben. Nicht dass ich missverstanden werde – ich möchte keinen Sex. Ich möchte nur, dass jemand da ist. Dass ich nicht allein bin. Ich möchte mit jemandem im Bett liegen, der nicht komplett meschugge oder aus Tübingen ist, und ich will diese absurde Angst nicht haben.

Andererseits ist das natürlich vollkommen unglaubwürdig, wenn man sagt: Ich will nur so daliegen und dummes Zeug reden und sonst nichts. Wirklich vollkommen unglaubwürdig. Was soll's, denke ich, ich kann auch glaubwürdig sein, und deshalb frage ich so leise, wie es möglich ist – aber bei der Musik geht es eben nicht leise –, ob sie Lust hat, es heute Nacht mit mir zu treiben. Sie schaut mich an, als hätte ich gefragt, ob ich ihr die rechte Hand abhacken dürfe. Der Mann, der jedes Wort mitgehört hat, sagt ebenso leise wie vernehmlich: «Bloody bastard.»

Ich antworte irgendetwas ganz Sinnloses und gehe an die Theke zurück und trinke mein Bier. Sehr schnell. Dabei schaue ich möglichst gelangweilt in der Gegend herum. Ich habe jetzt völlig den Überblick verloren. Dann stehe ich auf, und irgendwie finde ich den Ausgang. Auf der schmalen Kellertreppe haben sich auf jeder Stufe mindestens zwei Leute niedergelassen, und ich muss mich auf ihren Köpfen abstützen beim Hinausbalancieren.

Draußen ist es verdammt kalt, und ich merke, wie sehr verschwitzt ich bin. Im Dunkel des vollgemüllten Hinterhofs laufe ich als Erstes in eine Gruppe von Leuten mit schwarzer Kleidung, an denen ich mich festhalte.

«Rotfront», sage ich.

«Fass mich nicht an, du Pisser», sagt einer.

Ich weiß nicht, wo ich bin. Als ich mit Enrique kam, habe ich nicht auf den Weg geachtet. Ich fange an zu rennen und höre erst damit auf, als ich an einer Hauptstraße mit viel Verkehr und Leuchtreklamen bin. Ich sehe ein Burger-King-Schild und habe auf der Stelle einen unglaublichen Hunger, aber man weigert sich, mich zu bedienen. Vielleicht schließen sie auch gerade, ich weiß es nicht. Nein, ich glaube, man weigert sich. Ich stehe ungefähr eine halbe Stunde am Tresen und verlange ein Bier und einen Doppel-Whopper, weil es mir auf einmal wieder bessergeht, wie ich darüber nachdenke, dass ich nicht einer von diesen Sternzeichen- und Musiktrotteln bin, und dann schmeißt eine von den Burger-King-Angestellten mich raus. Sie trägt eine bizarre Uniform, und ich frage, ob sie nach der Arbeit schon was vorhat.

Sie flucht auf Vietnamesisch. Nicht wirklich böse, mehr so verunsichert, und es tut mir auch im selben Moment leid, dass ich so aufdringlich gefragt habe. Ich flüstere, dass es mir leidtut, dass ich sie nicht belästigen wollte, und dabei merke ich, dass die Frau dreißig Meter entfernt von mir hinter der Burger-King-Theke steht. Keine Ahnung, wie sie da hingekommen ist. Eben stand sie noch neben mir und hatte die Hand an meinem Kragen, und jetzt ist sie dreißig Meter weiter weg. Ein typischer Fernost-Trick. Mein Lieblingsfilm ist ja übrigens dieser Film von Takashi Miike, der, wo er am Anfang diesen Dings, na – na.

In einem Spätkauf kriege ich zwei Dosen Bier und eine Packung Kekse für vier Mark. Der Verkäufer steht hinter einem grauen Resopaltisch, in der Ecke liegt ein Erloschener. Ich rolle ein Fünfmarkstück über den Tisch, aber es beschreibt eine unberechenbare Kurve und fällt zu Boden. Der Mann bückt sich unter den Tisch. Ich rufe so laut wie möglich: «Stimmt so!», damit er mich nicht für einen von diesen besoffenen Pennern hält. Dann geht es eine Treppe runter. Vorher war da diese Seitenstraße, falls ich das noch nicht gesagt habe.

Im U-Bahn-Schacht starre ich minutenlang auf die Anzeigetafeln, um das richtige Gleis herauszufinden. Aber ich kann es nicht erkennen. Es ist eh nicht mehr weit, denke ich, und bevor ich die falsche Bahn nehme, gehe ich doch lieber zu Fuß. Ich muss die Rosenthaler rauf und dann rechts, ganz klar. Die Art und Weise, wie ich meinen rechten und meinen linken Fuß voreinander setze, gefällt mir auf einmal außerordentlich gut, sodass ich immer wieder stehen bleibe, um mir diese Körperteile einmal näher anzusehen. Von den leeren Fassaden der Häuser hallen meine Schritte wider. Die Luft ist kühl. Ich kriege die Packung Kekse nicht auf und werfe sie in ein parkendes Cabrio. Plötzlich bremst ein Auto neben mir, setzt ein Stück zurück, und eine Stimme sagt: «Kann ich dich wohin mitnehmen?»

Sie scheint mich zu kennen. Na gut, sage ich. Aber da sie auch nicht weiß, wo ich wohne, scheint sie mich nicht genau zu kennen.

«Anschnallen», sagt die Stimme, aber ich schaffe es nicht mehr.

Jemand beugt sich über mich und schnallt mich an. Während ich in die Richtung zeige, in die ich fahren möchte, versuche ich, das rote Blinklicht in meinem Kopf auszuknipsen. Mollstraße und dann links. Ich lege mich in die Kurve. Ich habe das Gefühl, als ob ich rede. Oder als ob ich schlafe. Dann sage ich: «Here we are», und das Auto bremst, und ich steige aus. Ich habe das erkannt, weil da dieses Neonschild über dem Schaufenster hängt. Ich versuche es auszuschalten. Dann spucke ich in die Büsche, der Magensaft kommt hoch, ich suche meinen Haustürschlüssel. Unten liegt ein Stein, und ich denke, ich schalte das Schild mal besser mit dem Stein aus.

14

Als ich erwache, in Anthonys Bett, immerhin, liege ich auf dem Rücken. Ich spüre, dass ich noch meine Socken anhabe, möglicherweise auch die Schuhe. Meine Zunge ist am Gaumen festgeholzt, ich habe einen unerträglichen Uringeschmack im Mund, und ich weiß, wenn ich mich jetzt nur ein bisschen bewege, muss ich sofort kotzen. Links und rechts ist gelb, als hätte ich zwischen zwei Postautos geparkt. Aber das ist die Bettwäsche. Mir ist so schlecht, dass ich nur noch Spiralen denken kann, und dann schlafe ich wieder ein.

Später am Tag erwache ich noch einmal in genau der gleichen Lage, der Kopf tut nicht mehr ganz so weh, ich muss etwas trinken. Ich weiß, dass irgendwo da links unten eine Wasserflasche steht, unterm Bett, aber ich kann mich nicht bewegen, oder ich kann mich nicht entschließen, mich zu bewegen, und das geht mindestens eine halbe Stunde so, oder eine Minute, ich weiß es nicht. Ich versuche, mir ein Kommando zu geben, bis zehn zu zählen, und mich dann nach links umzudrehen, aber ich komme nicht so weit.

Unter Anthonys Fenster schwimmt eine Reihe von Schiffen vorbei, ungefähr Holland, 17. Jahrhundert. Ich bin sehr erstaunt, und ich gehe ans Fenster, um mir die Schiffe anzuschauen, und in dem Moment, als ich möchte, dass sie näher kommen, tun sie das auch. Das Meer ist flaschengrün und gewaltig, wie auf diesem Bild von Aereboe, und es weht dieser leichte, angenehme Wind, und die Schiffe bilden eine lange Reihe. Die Besatzung besteht ausschließlich aus Tieren, Ziegen, Elefanten, Pumas, alles durcheinander, auch Tiere aus Knetgummi sind dabei, und sie starren alle bugwärts.

Es hat weniger Ähnlichkeit mit der Arche Noah als mit vietnamesischen Flüchtlingsschiffen. Je mehr Schiffe vorbeikommen, desto mehr Elefanten sind unter der Besatzung. Auf dem vorletzten Schiff sind nur noch Elefanten. Das letzte Schiff ist leer, die Aufbauten sind zerbrochen. Du wirst nie wieder einen Mantel tragen, sagt die Stimme aus dem Off.

Klappe, denke ich, ich bin ja nicht blöd, und ich erwache. Ich angle mit der linken Hand nach der Wasserflasche, trinke sie in einem Zug aus und laufe ins Bad, wobei ich gegen eine herumliegende Hantel trete und feststelle, dass ich doch keine Schuhe anhabe. Ich habe nicht mal mehr eine Hose an, nur ein T-Shirt, und das finde ich seltsam. Ich nehme meinen Fuß in die Hand, hüpfe zur Kloschüssel und stecke mir einen Finger in den Mund. Aber ich schaffe es nicht, es ist zu spät. Ich habe das nie richtig kapiert mit dem Finger im Mund.

Ich gehe in Anthonys Küche und reiße alle Schränke auf – nein, ich öffne die Schränke ganz vorsichtig, wegen meinem Kopf –, irgendwo müssen doch Teebeutel sein. Dann gehe ich in Zeitlupe wieder ins Bad und werfe Paracetamol ein. In der Küche betrachte ich mit zusammengekniffenen Augen den Wasserkocher, der Geräusche macht wie ein Industriestaubsauger. Ich schwanke, selbst im Sitzen schwanke ich noch, und ich wünsche mir, es gäbe keine Gegenstände mehr. Wasserkocher, Tische, Brotmesser, so in der Richtung. Dann würde ich mich jetzt ein bisschen besser fühlen, glaube ich. Dann würde ich natürlich auch auf dem Boden sitzen. Oder vielleicht noch ganz woanders, denn Häuser gäbe es dann ja auch keine mehr.

Draußen ist die Sonne untergegangen. Ich schmiere mir ein Knäckebrot. Das ist das Einzige, was ich finden kann. Ich beiße einmal ab und spucke es auf den Tisch. Schließlich nehme ich das Teeglas in die Hand und schleiche zurück ins Schlafzimmer und fange an, mit der anderen Hand meinen Rucksack zu packen. Ab und zu kleckert ein bisschen von dem Tee auf den Teppich, und ich halte das Glas extra schräg, damit sich aus den Flecken ein Muster bildet oder ein Buchstabe, der dann mein Leben entscheidet. Schließlich ist der ganze Teppich voller Flecken, aber ich kann nichts erkennen, was mir weiterhelfen würde.

Ich überlege, ob ich Desmond noch einen Brief schreiben soll. Ich suche auf dem Schreibtisch nach Papier, aber da liegt nur mitten auf dem Schreibtisch ein gelber Karton. Der lag da gestern noch nicht, meiner Meinung nach. Es ist eine Eintrittskarte für ein Rammstein-Konzert von vor einem Monat. Auf die Rückseite hat jemand mit einer runden Schrift etwas draufgeschrieben. Ich kenne die Schrift nicht, aber ganz oben steht mein Name und dahinter ein Ausrufezeichen mit einem Kringel.

Nimm es mir nicht übel, aber ich musste in die Mühle (Arbeit). Es hat mir gefallen, trotz allem ... ok. Dass du dich auf den Bauch gedreht hast nicht. Klar oder?? Die Sache mit dem Hausmeister habe ich geregelt + und versuch bitte nicht mich anzurufen, vor allem nicht über die Firma. Du weißt dass das nicht geht Wassermann + Schütze. Vielleicht melde ICH mich mal (ein Smiley). *Gruß und Kuss –*

Die Unterschrift ist unleserlich. Manuela oder Michaela. Das ist nicht mehr in dieser linkskippenden Mädchenkringelschrift.

Ich sitze etwa eine Viertelstunde über diesem Papier und lese es ein Dutzend Mal, und dann beschließe ich, Desmond keinen Brief mehr zu schreiben. Ich schaue auf die Wand, wo dieses DIN-A0-Plakat hängt, das ich bisher immer versucht habe nicht anzugucken, weil da zwei Männerhände in Großaufnahme drauf abgebildet sind, die sich so komisch berühren. Obwohl es ein künstlerisches Kunstfoto ist, sieht man den Dreck unter den Fingernägeln.

Als Kind hatte ich mal die Idee, meine abgeschnittenen Fingernägel und überhaupt alles, was von meinem Körper abgemacht wurde, also Hornhaut und Schorf und Haare, in einem großen Eimer unter meinem Bett zu sammeln und aufzubewahren. Ich dachte, dass es ein bedeutender Augenblick sein müsse, wenn das Gewicht dieser Dinge so groß würde wie mein Eigengewicht. Dass ich wahrscheinlich sterben würde an diesem Tag.

Ich reiße das Plakat von der Wand und stopfe es in den Küchenmülleimer. Dann klingelt Anthonys Telefon, und ich überlege, wer das sein könnte, und dann hört es wieder auf zu klingeln. Ich nehme meinen Rucksack, ziehe die Tür hinter mir zu und gehe hinüber zu Desmonds Haus, und dabei weht mir ein feiner Sprühregen ins Gesicht.

Ich werfe Anthonys Schlüssel bei Desmond in den Emaille-Briefkasten. Auf der Straße atme ich ein paar Mal tief durch. Ich komme wieder durch diesen Volkspark Friedrichshain, und ich muss daran denken, wie sich die Leute hier noch gesonnt haben vor ein paar Tagen, als es noch warm war.

Während ich am Alexanderplatz auf die S-Bahn warte, mache ich die Augen zu und sehe kleine Quadrate, die durchs Bild wandern, nach schräg oben, und ich mache die Augen wieder auf.

Vielleicht habe ich ja nur Kopfschmerzen, weil ich noch nichts getrunken habe. Ich kaufe mir am nächsten Kiosk ein Bier. Es spritzt, als ich die Dose aufknicke, und läuft über meinen Rucksack. Ich gehe zurück auf den Bahnsteig, trinke einen Schluck, aber es schmeckt nach Kotze, und ich stelle die Dose auf einen dieser Vierfach-Mülleimer. Ich gehe wieder runter zum Kiosk, kaufe mir eine Cola, und als ich zurückkomme, steht jemand neben meinem Bier und ascht hinein, und jetzt wird mir wirklich schlecht. Wie viele tausend Jahre Menschheitsgeschichte hat es gebraucht, diese Aluminiumdosen zu entwickeln, einen vierfarbigen Siebdruck draufzumachen und eine komplizierte Flüssigkeit einzufüllen? Und ich stell das da einfach hin, und ein anderer ascht hinein.

Neulich musste ich mal einen Test ausfüllen, wo ich gefragt wurde, ob ich mich schuldig fühle. Ob ich mich verzweifelt fühle, und ob ich mich schuldig fühle. Seitenlang solche Fragen. Das war ein neurologischer Test, und ich hab immer gedacht, was wollen die von mir? Später hat mir jemand erklärt, dass das alles nur gefragt wird, um herauszufinden, ob der Proband überhaupt bereit ist, ernsthaft auf solche Fragen zu antworten, und dass das keine tiefere Bedeutung hat. Man fragt, ob jemand sich schuldig fühlt, und es hat keine tiefere Bedeutung. Dabei glaube ich wirklich, dass ich mich schuldig gefühlt habe. Ich habe das sofort angekreuzt. So wie jetzt. Mir reicht da schon die Bedrohung, die von dieser Aluminiumdose ausgeht, oder vom Straßenpflaster. Straßenpflaster ist etwas, das einen wahnsinnig machen kann. Diese Millionen akkurat behauener Steine, wo man einfach nicht weiß, warum um alles in der Welt sich jemand die Mühe gemacht hat, die so hervorragend genau dahinzulegen.

Die S-Bahn kommt. Ich überlege einen Moment, steige aber nicht ein. Ich gehe die Treppe wieder runter, kaufe mir ein Stück Pizza und suche nach einer Telefonzelle. Ich wähle Ines' Nummer, dann höre ich ihre Stimme.

«Hallo», sage ich. Es ist der Anrufbeantworter. Nach dem Piepton sage ich nichts, aber ich hänge auch nicht auf. Das Öl von der Pizza läuft in meinen Ärmel, bis zum Ellenbogen, das kann ich spüren. Ich spüre das warme, glitschige Öl, und ich frage mich, ob das Öl wohl wieder rauskommen wird aus dem Ärmel, wenn ich den Arm runternehme, und ob es zurück auf die Pizza fließt, damit alles seine Ordnung hat. Nach ein paar Minuten ertönt das Besetztzeichen. Ich weiß nicht, was ich gesagt hätte, wenn Ines drangegangen wäre.

Vielleicht hätte ich ihr die Sache mit dem Straßenpflaster erzählt. Oder dass ich mit ihr friedlich zusammen alt werden wollte oder was. Aber mir ist natürlich klar, dass das ein sentimentaler Schrott ist. Ines hätte sich wahrscheinlich kaputtgelacht. Insofern ist es vielleicht besser, dass ich nichts gesagt habe.

Die Pizza schmeckt nicht, und ich lasse sie auf dem Telefonapparat liegen.

Ich war nicht oft verliebt. Ich meine, wirklich verliebt. Das letzte Mal, dass es mich richtig erwischt hatte, war noch während des Studiums. Ich weiß nicht, ob ich das schon erzählt habe. Da saß im gleichen Seminar wie ich plötzlich dieses Mädchen, hatte hennarotes Haar und eine unglaublich tiefe Stimme. Das mit der Stimme habe ich natürlich erst später rausgekriegt. In dem Seminar hat sie ja meistens nichts gesagt. Sie war so umwerfend, dass ich sie kaum ertragen konnte am Anfang. Sie redete nicht viel, aber wenn sie redete, klang es durchdacht. Zumindest hatte ich den Eindruck. Es war schwer, das wirklich einzuschätzen. Ich war damals noch in einem Alter, wo ich von den Regeln, nach denen so was abläuft, nichts Genaues wusste. Oder es nicht wissen wollte. Wenn man mir einen genauen Lageplan über meine Gefühle samt spieltheoretischen Möglichkeiten, wie sie sich entwickeln würden, gezeigt hätte, hätte ich das sicher für Unfug gehalten. So war alles wie immer. Es spülte mich in die gleichen Vorlesungen, ließ mich zufällig zur gleichen Zeit die Cafeteria besuchen, und manchmal sagte ich im Seminar sehr ausgedachte Sachen. Ständig war sie in Begleitung diverser junger Männer.

Einmal traf ich sie in der Mensa mit zwei Kultur- oder Medienwissenschaftlern, so Lederjacken mit farbigen Brillen. Ich setzte mich an den Nachbartisch und hörte ihrem Gespräch zu. Es ging um irgendwelche paradoxen Denkmodelle, Marshall McLuhan, superintellektuelle Scheiße, worüber Zweitsemester halt so reden. Es war die exemplarischste Unterhaltung zum Thema «Männer verlieren die Übersicht vor attraktiven Frauen», die ich je gehört habe. Außer meinen eigenen natürlich. Dauernd hatte ich den Eindruck, ich müsse gleich aufstehen, dem einen die Hand auf die Schulter legen und sagen: Ich weiß, wie dir zumute ist. Mir an deiner Stelle würde auch nichts einfallen. Aber das muss man irgendwann begreifen und die Klappe halten, du Trottel.

Tatsächlich verstummte das Gespräch bald, wohl weil das Mädchen beharrlich schwieg. Tabletts wurden übereinandergestapelt, Gemeinplätze über die Schlechtigkeit des Essens gesagt. Und dann fing der eine an, Gedichte aufzusagen. Heine oder Eichendorff oder was. Ich dachte zuerst, ich hör nicht richtig. Ohne jeden Zusammenhang. Aber das ist ja immer bezeichnend, wie Leute, deren ganzes Denken um poststrukturalistischen Theorienquark kreist, Lyrik dann für die Brechstange halten, mit der das andere Geschlecht geknackt wird. In ihren blöden Diskursseminaren hätten sie natürlich sofort auf den Kopf bekommen für Heine, aber hier schämten sie sich nicht ein bisschen. Sie wussten ganze Balladen auswendig, beide, besprachen Heines Restleben in der Matratzengruft, und Erika hörte sich das alles geduldig an und sagte nur irgendwann: «1797, nicht 1794.» Viel mehr sagte sie nicht, aber dieser eine Satz hat sich in mein Gedächtnis eingebrannt, damals. Und er stimmte ja auch.

Als sie die Mensa verließ, warf sie mir einen verzweifelten Blick zu. Eine Woche später begegneten wir uns auf einer Party. Noch einen Tag später landeten wir im Bett. Erika liebte mich nicht. Es war eine ganz merkwürdige Geschichte, am Anfang. Sie arbeitete als Kellnerin und in anderen beschissenen Aushilfsjobs und nahm das Studium so beiläufig wie möglich. Sie suchte ihre Seminare danach aus, ob ihr die Dozenten gefielen oder nicht, besuchte Vorlesungen in

Physik, Anatomie, Orientalistik, alles durcheinander, machte aber nichts richtig, hatte eigentlich auch von nichts eine Ahnung, ehrlich gesagt. Unser Tagesrhythmus verschob sich immer mehr Richtung Nacht. Wir schliefen bis drei oder vier Uhr, hatten meist kein Geld für Kneipen und setzten uns mit einem Sixpack an den Fluss und betranken uns. Oder wir gingen zum Essen auf irgendwelche Empfänge. Wir haben Veranstaltungen gesprengt, wir waren eine Art Zwei-Mann-Terrorkommando. Erika hatte die Angewohnheit, immer mit Gegenständen zu schmeißen oder das Büfett zu verwüsten, und ich habe sie dann immer angeschrien, was ihr einfallen würde. Ich habe die Leute in den schönen Anzügen gebeten, nicht auf sie zu achten, Tourette-Syndrom, Sie wissen schon, und Erika ist mit abgebrochenen Bierflaschen auf mich losgegangen. Im Rückblick, glaube ich, waren die meisten unserer Aktionen ziemlich durchschaubar. Aber es war egal, es hat immer irgendwie funktioniert.

Dann haben wir bis zum Morgengrauen in Erikas Bett gelegen unter dem großen Fenster, bis die Straßenbahnen wieder fuhren, und ich habe ihr Turgenjew vorgelesen. Ich habe auf Erikas gleichmäßigen, ruhigen Atem gehört, wenn sie eingeschlafen war, und ich habe gedacht, ich hätte alles im Griff. Ich habe mich gefühlt wie als Achtjähriger, als ich rücklings im Kornfeld lag, auf den warmen, weichen, niedergetrampelten Halmen, und über mir am Himmel die Wolken, unglaublich hoch. Ich habe die Hand ausgestreckt, und die Wolken sind an meinem Arm entlanggezogen, von Westen nach Osten, stundenlang, so wie es mir gefiel, so wie ich es angeordnet hatte, ich, Herrscher der bekannten Welt. Solche Momente gab es. Aber das ist lange her.

Das ist sehr lange her, und jetzt stehe ich hier unter diesem gläsernen Zylinder, wo ich nichts verloren habe, habe Kopfschmerzen und fürchte mich vor einer Aluminiumdose, während Erika in einer dämlichen WG im dämlichen Frankfurt sitzt und sich weigert, mit mir zu sprechen. Nehme ich jedenfalls an, dass sie sich weigert. Ist auch relativ egal.

Die nächste S-Bahn kommt, und diesmal steige ich ein. Friedrichstraße bin ich kurz davor, wieder auszusteigen. Aber als ich es mir recht überlegt habe, schließen schon die Türen. Ich schaue aus den Fenstern, der Reichstag mit seiner Touristenkuppel kommt vorbei, die riesigen Baugruben, und ich sehe in die andere Richtung. Ein Penner steigt zu und versucht für zwei Mark die McDonald's-Kino-News zu verkaufen. Am Bahnhof Zoo stelle ich mich an einen Fahrkartenschalter mit seiner Diskretionszone. Als ich dran bin und ein Ticket nach Frankfurt verlange, fragt die Schalterfrau allen Ernstes, welches Frankfurt, und ich sehe, dass mein Geld nicht mehr reicht, für keines der beiden Frankfurts, und meine Karte habe ich natürlich auch nicht dabei. Das ist mir wirklich peinlich.

Ich stehe eine Weile in der Halle herum, wo die Abfahrtszeit der Züge angezeigt wird wie auf dem Flughafen, und dann fällt mir ein, dass es hier früher mal eine Mitfahrzentrale gab, irgendwo im Untergeschoss.

Ich suche nach einer Treppe, aber der Bahnhof hat gar kein Untergeschoss. Ich frage einen Polizisten mit Walkman im Ohr, der vor dem Eingang steht, und er zeigt mit dem Blick über die Straße. Da gibt es eine U-Bahn-Station, und da ist auch die Mitfahrzentrale. Natürlich ist sie längst geschlossen um diese Uhrzeit. Daran hatte ich nicht gedacht. Ich schaue durch die Fenster in das winzige Büro. Dann lehne ich mich mit dem Rücken an die Metalltür der Mitfahrzentrale und rutsche auf den Boden. Es ist nicht mehr besonders viel los um diese Uhrzeit. Die U2 bollert vorbei. Ich weiß nicht, was ich machen soll. Ich weiß überhaupt nicht mehr, was ich machen soll. Ich sitze ziemlich lange da und beobachte die Leute, die auf die U-Bahn warten, und als ich wieder aufstehen will und mich mit der Hand abstütze, fasse ich in etwas Nasses, das aussieht wie eine Wasserlache. Wird wohl aber eher keine Wasserlache sein, denke ich. Der ganze Bahnsteig ist in den Ecken schwarz und stinkend, und ich fühle mich nicht wirklich komfortabel. Auch meine Hose, das merke ich erst jetzt, ist nass geworden.

Ich stehe also da mit gespreizten Fingern und zerre hinten an meiner Hose, als ein Mann auf mich zukommt. Er trägt einen weißen Kittel wie ein Wurstverkäufer in einem Supermarkt. Über den Kittel hat er einen Lodenmantel gezogen. Seine Bewegungen sind fahrig. Er zeigt mit ausgestrecktem Arm in meine Richtung, aber nicht genau in meine Richtung, eher auf die Metalltür hinter mir. Oder abwechselnd auf mich und die Metalltür.

«Sind Sie nach Worms?», ruft er.

«Was bin ich?», sage ich.

Ich denke im ersten Moment, er kennt mich, weil er mich so vertraulich anredet, aber dann fällt mir ein, was er von mir will, und ich sage: «Ja, ja, Worms.»

«Ich steh im Halteverbot!»

«Okay», sage ich.

Wir laufen die Rolltreppen rauf. Auf der anderen Seite rennt ein Mann mit einer Reisetasche und aufgerissenen Augen die Treppen hinunter, aber der Wurstverkäufer merkt es nicht. Sein Auto parkt in der zweiten Reihe, mit Warnblinker. Ein weißer Kleinlaster, wo *Lieferservice Irgendwas* draufsteht.

Ich werfe meinen Rucksack hinein, und ich bin noch nicht mal angeschnallt, da ist der Wurstverkäufer schon auf siebzig. An der nächsten Ampel bremst er scharf ab, sodass ich mit den Knien gegen die Ablage krache. Das Handschuhfach geht auf, heraus quellen stapelweise Nikotinpflaster. Er beugt sich rüber, knallt das Handschuhfach wieder zu und dreht das Radio an, Deutschlandfunk oder so was. Ich habe, ehrlich gesagt, keine Ahnung, wo Worms liegt. Aber es wird schon ungefähr die Richtung sein.

An der nächsten Ampel das gleiche Spiel. Handschuhfach auf, Handschuhfach zu. «Scheißdreck!», ruft er und schiebt die Regler an der Heizung nach rechts. Es knistert, ein paar zerstoßene Blätter wirbeln aus dem Lüftungsgitter. Dann zieht er im Fahren seinen Lodenmantel aus und katapultiert ihn nach hinten, während große nachtgelbe Alleen an uns vorbeirauschen. Nur mit dem weißen Kittel bekleidet, sieht er gar nicht mehr aus wie ein Wurstverkäufer, eher wie ein Wissenschaftler, der zu oft ins Fitness-Studio geht. Seine Fingernägel sind gelb und krümmen sich wie Wachs an einer Kerze, sein Haar ist schütter. Aber er dürfte nicht viel älter sein als ich. Hoffentlich riecht er den Gestank nicht, denke ich. Ich darf auf keinen Fall auf dem Sitz hin und her rutschen.

In der Brusttasche seines Kittels stecken zwei Kugelschreiber und ein Handy, darunter ein kleines Ansteckschild, und ich kann lesen, was da auf dem Schild steht, da steht in schwarzen, geprägten Plastikbuchstaben:

Freundlichkeit hat einen Namen: Malte Lipschitz

Wir rasen die Potsdamer Chaussee hinunter. Der blaue Wegweiser für den Autobahnzubringer huscht über die Windschutzscheibe, und ich schließe die Augen. Mit geschlossenen Augen fühlt sich die Hose an der Seite deutlich nasser an als vorher. Als ich die Augen nach einigen Minuten wieder öffne, befinden wir uns noch immer auf der Landstraße. Im Licht der Scheinwerfer taucht ein Schild *Kladow 4 km* auf.

«Ist das ist der Weg nach Worms?», frage ich.

«Geht gleich los», sagt er und reibt sich mit dem Handrücken am Kinn. «Ich muss hier kurz was ausliefern.»

Wir fahren nach Norden, wie mir scheint, über dunkle Wege, an dunklen Seen vorbei, von einem Kuhdorf zum anderen.

«Wo müssen wir denn hin?»

«Dingenskirchen, na», sagt er, und ich warte, aber es kommt nichts mehr. Er dreht das Radio lauter. Durs Grünbein redet über Kulturthemen, zwischendurch spielen sie sudanesischen Hiphop.

«Fährst du öfter mit der Mitfahrzentrale?»

«Ab und zu.»

«Schon mal Probleme gehabt?»

«Was für Probleme?»

Ich hole die Zigaretten aus einer Seitentasche des Rucksacks, warte ein paar Sekunden und zünde mir dann eine an. Dabei merke ich, dass meine rechte Hand nach abgestandenem Urin riecht, und ich nehme die Zigarette in die andere Hand.

«Manchmal kommen die Leute zwar nicht, oder zu spät...», sage ich, und ich spüre, wie mir der Rauch in die Lungen kriecht. Und wie gut das jetzt ist.

«Das meine ich nicht. Ich meine, bist du schon mal belästigt worden zum Beispiel?»

«Nein.»

Er erzählt, wie er früher immer herumgetrampt ist und wie das manchmal ein Problem war, besonders in südlichen Ländern, in der Türkei oder in Griechenland. Dass die Männer, die da Tramper mitnehmen, oft Homosexuelle sind. Er lacht, als wäre das ganz etwas Absonderliches, und klopft auf das Lenkrad. Ich atme den Rauch nach rechts an das Beifahrerfenster, und der Moderator fragt Durs Grünbein, ob er das Phänomen Houellebecq erklären kann.

«Houellebecq, Schmouellebecq. Wie würdest du reagieren in einer solchen Situation?»

«Keine Ahnung», sage ich.

Er geht plötzlich vom Gas, das Auto kommt fast zum Stehen.

«Da im Handschuhfach muss irgendwo ein Umgebungsplan von Berlin sein», sagt er.

Ich krame unter den Nikotinpflastern nach einem Plan. Er knipst die Innenbeleuchtung an, damit ich den Plan auseinanderfalten kann, wirft im Fahren einen Blick darauf, zwei Sekunden, und knipst dann das Licht wieder aus.

«Findest du das schlimm?», fragt er.

«Was, schlimm?»

«Wenn so was passiert, meine ich.»

«Ich bin hetero», sage ich, «das interessiert mich nicht.»

«So einer von den Hundertprozentigen?»

«Keine Ahnung. Wer ist das schon.»

«Ich auch nicht», sagt er. «Ich bin auch hetero, ich meine, ich würde nie was mit Männern anfangen. Aber dass man hundertprozentig für oder gegen etwas sein kann, das glaube ich nicht. Das ist, als wäre man hundertprozentig sicher, dass Bayern Meister wird, oder hundertprozentig, dass nicht. Also, wie würdest du reagieren? Hast du das schon mal überlegt?»

Er redet sehr schnell. Sobald ich etwas erwidere, kommt ohne Zeitverzögerung seine nächste Frage.

«Wie, reagieren?»

«Wenn es zum Beispiel dazu kommt.»

«Es kommt ja nicht dazu.»

«Aber was würdest du machen, wenn ich jetzt, nur mal als Beispiel, sagen würde, dass ich gern meine Hand auf die Außenseite deiner Hose legen würde? Nur am Oberschenkel, nur auf die Außenseite der Hose?»

Ich bin völlig sprachlos, allein schon über die Formulierung. Sein Gesicht bleibt unbewegt. Er sieht kurz auf die Fahrbahn, und dann wieder zu mir hinüber. Im Scheinwerferkegel des Autos tauchen ganz in der Ferne gelbe Wegweiser auf. Es ist auf jeden Fall kein Scherz, den er da macht.

«Nur während der Fahrt. Es wäre eine oberflächliche Berührung, und nach einiger Zeit, also nach einigen Minuten oder so, würde ich die Hand wieder wegnehmen. Wenn du nicht willst, natürlich nicht. Aber ich weiß nicht, was daran schlimm sein soll, außer du sagst: Hallo, ich bin einer von diesen Hundertprozentigen.»

Das Auto legt sich in die Kurve. Wir kommen über einen kleinen Fluss. Ich sehe Bahngleise und ein dreieckiges Schild mit einer Dampflok drauf.

«Was heißt schlimm», sage ich. «Aber ich möchte das nicht.»

«Aber wenn du sagst ...»

«Nein!», sage ich.

Was sind denn das für Vokabeln? Hundertprozentig, Außenseite der Hose. Er hält mit beiden Händen fest das Lenkrad umklammert, aber mir ist nicht wohl dabei. Wir fahren durch völlige Dunkelheit, und ich taste nach dem Verschluss für meinen Sicherheitsgurt. Ab und zu kommen wir durch ein Dorf, ohne dass Malte die Geschwindigkeit verringert. Wälder und Seen schwimmen vorbei, man ahnt das mehr, als man es sieht, und es ist wie früher auf diesen Autofahrten mit den Eltern. Wenn wir aus Süderbrarup heimkamen oder aus Missunde, nachts, wenn es draußen kalt war und unheimlich, und wir lagen auf der Rückbank des VW Käfer, der kleine Lichtkegel auf die Schlei warf, und waren geborgen. So ist es jetzt auch, nur ohne das Geborgensein.

Im Radio reden sie über Kontinentaldrift, und bei Kontinentaldrift muss ich an meinen alten Schulatlas denken, und dann an Isobaren, dann an Frauen, die sich Fett absaugen lassen und denen man mit Edding Schlangenlinien auf die Haut gemalt hat. Mein linkes Augenlid zittert. Die Zigarette ist ausgegangen.

«Sammelst du irgendwas?», fragt Malte.

Ich schaue schweigend durch die Windschutzscheibe.

«Ich meine, sammelst du etwas? Ich sammle Teeservice. Ich hab den halben Laster voller Teeservice.»

Ich starre ihn an. «Wo fahren wir eigentlich hin?», frage ich.

«Wir sind gleich wieder auf der Autobahn. Ich hätte trotzdem gern gewusst, ich meine, stehst du nicht dazu oder –»

«Himmelarsch!», sage ich, «das ist doch nicht das Thema.»

Kurz danach kommt ein blaues Autobahnschild. Damit hatte ich, ehrlich gesagt, schon nicht mehr gerechnet. Malte nimmt die Kurve mit hohem Tempo, ich werde gegen die Tür gedrückt. Es ist die Autobahn nach Hamburg. Ich frage nicht, was das zu bedeuten hat. Ich meine, ich weiß zwar nicht, wo Worms liegt, aber zwischen Hamburg und Berlin liegt es mit Sicherheit nicht. Das wüsste ich. Ich zünde mir noch eine Zigarette an und halte ihm die Schachtel hin. Er sagt, dass er nicht raucht.

«Ich will alt werden», sagt er.

«An der nächsten Tankstelle steige ich aus.»

Wir schweigen einige Minuten. Dann kommen die Schilder, die in Hundertmeterabständen die Ausfahrt ankündigen, aber Malte geht nicht vom Gas.

«Ich wollte hier raus, verdammt!»

«Hab ich nicht gehört.» Er dreht das Radio leiser.

«Natürlich hast du das gehört, halt gefälligst an!»

«Hier kann man nicht mehr anhalten, das geht nicht», sagt er und winkt mit der Hand in Richtung Beifahrerfenster, wo eben die hintere Ausfahrt der Raststätte im Dunkeln vorbeizieht. Ich halte ihn am Handgelenk fest und umklammere mit der anderen Hand seinen Ringfinger. Die Hand fühlt sich an, als wäre sie aus Holz. Ein Geruch von kokelndem Plastik breitet sich aus. Meine Zigarette ist runtergefallen und brennt ein Loch in das Sitzpolster.

«Halt an, oder ich brech dir jeden Finger einzeln.»

Ich rede ganz ruhig und ganz sachlich, aber ich bin selbst erstaunt über das, was ich da rede, das ist ja völlig absurd. Dieser Satz ist garantiert auch nicht von mir, der ist wieder aus irgendeinem beschissenen Film, und Malte dreht nun ganz durch und schreit herum, dass wir gleich einen Unfall bauen, wenn ich nicht sofort seine Hand loslasse.

«Halt an», sage ich und biege den Finger nach oben. Es ist wirklich lächerlich.

«Du bist ja völlig hysterisch!», ruft er. «Und das alles nur, weil ich gefragt habe —»

Er bremst auf der Standspur, vielleicht einen Kilometer hinter der Raststätte. Ich stoße meinen Rucksack mit dem Fuß aus der Tür.

«Klemmschwuchtel!», schreit er mir hinterher oder etwas ähnlich Blödes, und ich knalle wütend die Autotür zu. Das Metall kracht, der Wagen fährt an, und weil er sich nicht gleich wieder in den Verkehr einfädeln kann und im Schritttempo auf der Standspur weiterfährt, laufe ich dem Auto hinterher und trete die Rücklichter ein, rechts, links, nochmal rechts, und dann sehe ich ihm nach, wie er im Dunkeln beschleunigt. Nur auf der einen Seite brennt noch ein kleines weißes Licht, wie ein Fahrradlämpchen.

Ich schaue eine Weile ins Leere, dann setze ich mich auf die Leitplanke, den Rucksack auf den Knien. Nur auf der Gegenspur, hinter dem bepflanzten Mittelstreifen, ist Verkehr zu hören. Sch-sch. Ich überlege, wie mir das einmal wie Meeresrauschen vorkommen konnte. So aus der Nähe hört es sich wirklich nicht an wie Meeresrauschen. Der Verkehr lässt nach. Einmal stößt ein Lkw in sein Nebelhorn, hält aber nicht an.

Ich lasse mich langsam nach hinten über die Leitplanke gleiten und rutsche die steile Böschung hinunter, den Rucksack mit einer Hand hinter mir herziehend. Nach zehn, fünfzehn Metern stoße ich an einen kleinen Baum und bleibe auf dem Bauch liegen. Mein Gesicht liegt in einem trockenen Grasbüschel, und es liegt da gar nicht so schlecht, finde ich. Ich drehe mich ein bisschen zur Seite, sodass ich nach oben in den Sternenhimmel gucken kann, der prächtig ist hier draußen, abseits der großen Stadt. Ich erkenne sogar ein Sternbild wieder, das Krokodil.

Von Zeit zu Zeit huschen Autoscheinwerfer über den Himmel, wie Antriebsstrahlen von Raumschiffen, zehn Meter über mir, und da ist es auf einmal wieder: dieses Gefühl, das ich so lange schon nicht mehr hatte, dieses angenehme, warme und sichere Gefühl, dass ich nicht allein bin. Dass alles in Ordnung ist. Dass man mich nicht vergessen hat. This is Ripley, last survivor of the Nostromo, signing off.

Das letzte Mal, dass ich das Meer gesehen habe, war vor fünf oder sechs Jahren. Da war ich mit Erika in Den Haag. Ich wollte mir die Vermeers angucken, und Erika wollte mit. Wir sind mitten in der Nacht auf einem Campingplatz irgendwo bei Scheveningen angekommen und haben unser Zelt in der Eiseskälte aufgebaut. Dann sind wir im Dunkeln herumgelaufen, weil wir sofort das Meer sehen wollten. Wir wussten aber nicht, wo es war und wie weit der Campingplatz überhaupt vom Meer entfernt war. Es war niemand wach auf dem ganzen verdammten Campingplatz, den man hätte fragen können. Es lag nur so ein Salzgeruch in der Luft, und wir haben uns dann überlegt, dass die Richtung, aus der der Wind weht, wahrscheinlich die richtige ist. Auf ganz weichem Dünensand sind wir durch die Dunkelheit gelaufen, und ab und zu sind wir stehen geblieben, weil wir dachten, man müsse das Meer schon rauschen hören können, aber man hörte es nicht. Stattdessen waren da auf einmal diese Schreie. Entsetzliche Schreie, nur wenige Meter vor uns, wie ein Kind, das geschlachtet wird. Wahrscheinlich waren es

Möwen. Aber in der Finsternis war das nicht auszumachen, und Erika wollte nicht weitergehen. Wir standen nebeneinander und hielten uns fest, und das Schreien hörte nicht auf. Es kam immer von der gleichen Stelle. Das ist doch keine Möwe, hat Erika gesagt, und ich habe gesagt, doch, ganz bestimmt ist das eine Möwe, und ich habe meine Hand in Erikas Arm gekrallt. Ich habe mich nämlich auch gefürchtet, aber aus anderen Gründen als Erika. Ich wollte nicht, dass dieser Augenblick vorbeigeht.

Das Meer haben wir erst am nächsten Tag gesehen. In der Nacht konnte man vor Kälte kaum schlafen. Es war eine absolute Schnapsidee, im März auf einen Campingplatz zu gehen. Im Morgengrauen sind wir wieder den Weg durch die Dünen gegangen – und das liebe ich ja am meisten daran: dass man hinter jeder Düne erwartet, das Meer auftauchen zu sehen. Und dann kommen immer noch mehr Dünen, und Strandhafer und Dünen, und irgendwann, wenn man schon gar nicht mehr damit rechnet, entdeckt man auf einmal oben links so ein kleines blaues Dreieck, zwischen zwei Sandhügeln, und man weiß am Anfang gar nicht, ist das jetzt das Meer oder eine Luftspiegelung, eine Wolke oder eine Fahne? So komisch und so weit oben ist der Horizont da plötzlich. Und dann ist es das Meer.

15

«Bist du schon lange da?», fragt Marit. Ich drehe mich nicht um. Sie hält kurz inne, dann geht sie zum Fenster und lässt klirrend die Rollläden runter. Sie trägt ihr blaues Kleid. Am Handrücken immer noch das Pflaster vom Einstich der Infusionsnadel. Sie stellt sich hinter mich an den Schreibtisch.

«Was machst du da?»

Ich lege meinen Arm auf das Papier.

«Darf ich nicht?»

«Ist noch nicht fertig.»

«Aber wenn's fertig ist?»

«Natürlich.»

Marit legt die Hand in meinen Nacken. Ich versuche mir den Gedanken einzuprägen, den ich gerade aufschreiben wollte.

«Und die Verspannungen?» Sie verstärkt den Druck ihrer Hand. Dann beugt sie sich vor und liest: «Angefangen hat alles vor zwei Wochen ... ach. Das ist das.»

«Ja.»

«Du musst dir keine Vorwürfe machen.»

«Ich mache mir keine Vorwürfe.»

«Lehn dich mal zurück», sagt Marit und zieht an meinem T-Shirt.

Ich sinke widerwillig gegen die Stuhllehne, der Kugelschreiber gleitet mir aus der Hand. Marit fängt an, mit beiden Händen meine Schultern zu bearbeiten.

«Nicht lesen», sage ich mit geschlossenen Augen.

«Ich les doch gar nicht.»

Sie massiert meinen Nacken, die Wirbelsäule hinunter, durch das T-Shirt hindurch, dann oben am Hals.

«Es hat sich schon wieder bewegt», sagt Marit. «Als ich unten am Tisch saß. Der rechte Fuß.»

«Woher willst du das wissen?»

«Das spürt man. Vielleicht bilde ich mir das nur ein, aber ich glaube, ich spüre das.»

«Das wird einmal ein Fußballer, so viele Füße, wie der hat.»

«Und wenn's ein Mädchen wird?», sagt Marit und klatscht mit beiden Händen gegen meine Wangen.

Elektronisches Piepsen aus der Küche.

«In zehn Minuten essen wir. Kommst du von alleine runter?»

«Ja.»

«Bist du dann fertig?»

«Schatz. Ich zeig's dir später.» Ich beuge mich wieder über das Papier und höre, wie Marit in der Tür stehenbleibt.

«Sag das nicht. *Schatz.* Du weißt, dass ich das nicht mag.»

Ich drehe mich um und lächle hilflos, aber da ist Marit schon die Treppen hinunter. Mein Blick bleibt an dem Flugzeugmodell hängen, das grau und rosa von der Decke baumelt.

Geträumt: Standardalbtraum Hirsche
Wetter: Sonne, 14–17°, leichter Westwind

Angefangen hat alles vor zwei Wochen. Obwohl, das ist natürlich schon falsch. Angefangen hat alles vor dreißig Jahren. Aber was ich erklären möchte, hat vor zwei Wochen angefangen, als Wilhelmine im Sterben lag.

Sie wollte ihn unbedingt noch einmal sehen, und am Telefon musste ich ihn buchstäblich überreden. Zu diesem Zeitpunkt lagen wir im Streit. Ihn schreckte die Bahnfahrt. Er behauptete, keine Zeit zu haben. Er behauptete, kein Geld zu haben. Alles würde ihn mindestens drei oder vier Tage kosten. Er erzählte von Problemen mit seiner Freundin. Ich schlug vor, ihm das Geld für die Bahnfahrt zu überweisen. Von hier aus könne er das Auto nehmen und seine Probleme anschließend fortsetzen. Ich wollte nicht sarkastisch sein, aber natürlich fasste er es so auf.

Als er endlich kam, einen Tag später als angekündigt, standen Marit und ich im Garten. Ich erkannte ihn schon auf die Entfernung an seinem Rucksack, so ein moderner Rucksack mit nur einem Träger. Er lief die Reisergasse hinauf. Er versuchte, nicht auf die Ritzen im Gehweg zu treten. Rechts und links in seinen Taschen steckten zwei Bierdosen, eine dritte hielt er in der Hand. Und er war braungebrannt, was mich wunderte, da er ja nie in die Sonne ging.

Er kletterte also über den Gartenzaun, zwei Meter neben der Stelle, wo ich die Pforte hatte einbauen lassen. Ich hatte ihm am Telefon davon erzählt. Von den Schwierigkeiten mit den Bauarbeitern und so weiter. Aber er musste natürlich unbedingt über den Zaun klettern. Dabei blieb er mit dem Hosenbein hängen und schlug der Länge nach auf den Rasen. Er stank wie ein Spirituosenladen.

Ich hatte Marit schon vorher erklärt – oder besser: Wir hatten uns geeinigt –, uns nichts anmerken zu lassen. Was insbesondere Marit verständlicherweise nicht ganz leichtfiel. Aber die ganze Zeit, in der er hier war, hat sie ihn behandelt wie ein rohes Ei. Es war grauenvoll.

Wilhelmines Zustand hat ihn völlig kaltgelassen. Er hat mit niemandem geredet. Er ist nach Süderbrarup gefahren, und als er zurückkam, hat er sich auf die Terrasse gesetzt, Bier getrunken und Streit gesucht. «Ich halt das nicht mehr aus», hat Marit zu mir gesagt, «ich halt das einfach nicht mehr aus.» Und am nächsten Morgen war er weg.

Er ist zu Raymond gefahren, seinem komischen Freund, nach Berlin. Wegen irgendeiner Party. Er hat sich nicht einmal mehr gemeldet oder nochmal bei Wilhelmine angerufen, geschweige denn hier. Als Wilhelmine zwei Tage später starb, fuhren wir nach Süderbrarup. Ich wollte nach der Adresse meines Bruders forschen, aber es war vollkommen sinnlos, und Marit sagte, wenn er von alledem nichts wissen wolle, müssten wir ihm jetzt auch nicht mehr hinterherrennen. Auch von der Familie hat sich keiner gewundert, dass er nicht auf der Beerdigung war.

Dann hatte Marit die Blutungen, und ich dachte, ehrlich gesagt, schon gar nicht mehr an die Sache mit meinem Bruder. Ich hätte es wahrscheinlich dabei bewenden lassen. Wenn ich mit irgendetwas auf der Welt nicht gerechnet hatte, dann damit, ihn so schnell wiederzusehen.

Nach nur einer Woche nämlich war er zurück aus Berlin. Per Mitfahrzentrale. Ohne Vorankündigung. Ich kam aus der Praxis und fand Marit aufgelöst im Wohnzimmer. Ich hatte sie noch nie so aufgelöst gesehen.

«Wo ist er?», fragte ich.

«Im Keller. Wäscht.»

Er war mittags angekommen, und er muss gleich angefangen haben, Marit komische Anträge zu machen. Ich habe das zuerst nicht glauben wollen. Ich kenne ihn ja. Aber natürlich erfindet Marit da nichts.

Ich habe dann versucht, mit ihm zu reden. Aber es war nicht möglich. Ich weiß nicht, warum er überhaupt zurückgekommen war. Jedenfalls nicht nur, um Wäsche zu waschen. Er hat im Wohnzimmer auf dem Boden gelegen, mit einem Glas Gin Tonic in der Hand, hat sich in den Flauschteppich eingerollt und Zeitung gelesen und nach und nach, während unserer Unterhaltung, die komplette Zeitung zu Papierkügelchen verarbeitet und herumgeschnipst.

«Schneesturm in den Ardennen.»

Er pflügte mit seinem Glas eine dunkle Schneise in die Papierschnipsel.

«Die sechste Panzerarmee ist außer Sichtweite geraten. Von Manteuffel durchstößt die feindlichen Linien – da! Was ist das? Eine Spitze im belgischen Nebel! Der Kirchturm von Dinant? Ein Baum? Eine Täuschung? Die weiße Atemwolke vor dem Gesicht des erfolgreichen Generals bleibt für einige dreißig Sekunden aus... Was mag sich in seinem Kopf jetzt abspielen?» Er hob die Stimme wie ein Sportreporter und wirbelte einige Papierkügelchen in die Luft.

Und da ist mir dann zum ersten Mal der Kragen geplatzt.

Schließlich, sagt Marit, hat er ihr noch zwei Hunderter aus der Haushaltskasse genommen. Nicht dass wir ihm das Geld nicht auch so gegeben hätten, wenn er gefragt hätte. Aber er konnte natürlich nicht fragen. Finanziell von uns abhängig zu sein, hätte sein sensibles Gemüt zu sehr verletzt.

Nachdem er seine Wäsche gewaschen und mit dem Föhn getrocknet hatte, ist er noch am Abend wieder abgereist, und zwar Richtung Frankfurt, wenn ich das richtig verstanden habe. Zu Erika. Erika war eine Ex-Freundin von ihm, Borderline, und sie hatte ihm kurz zuvor den Laufpass gegeben. Er reiste ihr also hinterher, und es stellte sich heraus, dass sie in Frankfurt nie angekommen war. Sie hatte mit dem Umzugswagen einen Unfall gehabt. Radaufhängung gebrochen, gegen einen Pfeiler. Er rief hier mitten in der Nacht an und sagte: «Ich habe nichts mehr, ich weiß nicht. Was soll ich machen.»

Das war das erste Mal seit hundert Jahren, dass er mir aufrichtig vorkam. Obwohl sein Mitleid eher sich selbst galt, als seiner verunglückten Freundin. Ich habe ihn zu beruhigen versucht, aber er hat kaum reagiert. Er wollte nur reden und reden. Den Geräuschen nach zu urteilen, saß er in einer Kneipe.

«Trink nicht so viel. Bleib ruhig.»
«Ich trink gar nichts, du Arschloch», sagte er.

Was er an Erika so toll fand, habe ich übrigens nie begriffen. Erika sah ganz gut aus, aber das war es nicht. Was ihm gefiel, war diese ganz gewisse Verruchtheit. Erika hat sich immer nur sehr künstlich und sehr übertrieben ausgedrückt, und wenn man mit ihr über ganz normale Dinge reden wollte, über irgendwas Nettes, hat sie die Augen nach oben gedreht und gestöhnt. Einmal war ich mit den beiden unterwegs, da kamen wir an einem Plakat für ein Musical vorbei, das ich mir kurz zuvor mit Marit angeschaut hatte. Und mir ist schon klar, dass Musicals nicht jedermanns Sache sind. Aber Erika kreischte sofort, sie wolle nichts davon hören, von Musicals würde sie Instant-Krebs bekommen. Natürlich hatte sie überhaupt keine Ahnung, wovon dieses Musical überhaupt handelte. Aber das war typisch, sie hielt diese Ignoranz für eine riesengroße Attraktion. Und insofern passten die beiden auch zusammen.

Einzige Ausnahme war seine erste Freundin, Anja. Die Einzige, die man als psychisch intakt bezeichnen konnte. Sie war nicht gerade eine Schönheit, aber sehr nett. Also sympathisch. Er brachte sie eines Tages von Simoneits mit nach Hause, und es überraschte uns alle. Er hatte sie nie vorher erwähnt. Sie hatte sich ihn irgendwie ausgesucht, und er hatte das irgendwie akzeptiert. Aber die große Liebe war es offensichtlich nicht. Und alles, was danach kam, war noch schlimmer.

Das Hauptproblem war aber, dass er sich nicht helfen lassen wollte. Es war ja schon immer eine Beleidigung für ihn, wenn man sich mehr als einmal am Tag nach seinem werten Befinden erkundigt hat. Als er zum Beispiel hier auf der Waschmaschine saß, bin ich zufällig reingekommen und habe gesehen, wie aufgelöst er war. Er sah vollkommen fertig aus. Als ich fragte, was los sei, ob ich irgendetwas für ihn tun könne, antwortete er, die Symmetrie der Bodenfliesen habe ihn überwältigt.

Und so war es immer. Er musste immer alles ins Lächerliche ziehen. Ich konnte das noch nie ertragen, und es wurde immer schlimmer. Wenn jemand zum Beispiel von seiner im Sterben liegenden Großmutter zurückkommt und es fällt ihm nichts Besseres ein, als dass er sie am liebsten mit einem Sofakissen erstickt hätte – das ist nicht mehr «amüsant». Das ist nur noch unerträglich.

«Wer ist hier der Psychologe?», sagte ich.

«Wer ist hier das Arschloch?», sagte er.

Die Gründe für dieses Verhalten zu analysieren würde vermutlich zu weit führen. Aber dieses Gefühl der Fremdheit war bei ihm immer schon da. Mehr als einmal, als wir noch ganz klein waren, hat er versucht, mit mir zu *fliehen*. Ich erinnere mich noch gut an diesen Bollerwagen, in dem er mich hinter sich herzog. Unsere Eltern seien gar nicht unsere Eltern, versuchte er mir und sich einzureden, sondern bestellte Schauspieler. Wir seien nur die Insassen einer großen pädagogischen Anstalt, die um uns herum errichtet sei und uns etwas vorzuspiegeln versuche, das es so nicht gebe, und in der sich alle untereinander abgesprochen hätten. Ob ich wirklich diesen Unsinn mit der Mondlandung glauben würde? Die Kriegsberichte aus Äthiopien? Allein, was für Namen sich das Fernsehen ausdachte: Äthiopien, Mengistu, Kuala-Lumpur. Daran könne man doch alles sehen.

Stundenlang verglich er Landkarten miteinander, um Fehler zu finden, und er verfolgte jeden Tag die Tagesschau. Er war sich sicher, Karl-Heinz Köpcke die Scham über die Lügen, die er verlesen musste, irgendwann anmerken zu können.

In der Nachbarschaft hieß er nur *Dr. Kimble*. Das haben wir natürlich gar nicht verstanden, damals. Später hat er diese Vorstellungen dann diskreter formuliert, aber ich glaube, hauptsächlich deshalb, weil er mich ab einem gewissen Zeitpunkt selbst für einen Teil dieser Weltverschwörung hielt. Er setzte seine Fluchten noch eine Zeit lang alleine fort, ebenso manisch und ebenso erfolglos. Denn, um ehrlich zu sein, wenn er wirklich hätte fliehen wollen, aus unserer Stadt, vor den Eltern, vor der schemenhaften Welt – dann hätte er das hinbekommen. Auch bei seiner Intelligenz. Aber seinen Fluchtversuchen haftete immer etwas Stümperhaftes an. Statt einfach seine Spardose zu plündern und mit Bus oder Bahn dorthin zu fahren, wohin er wollte – irgendwelche Orte in Meeresnähe –, machte er sich mit einem Spielzeugkompass und dem Diercke-Atlas auf den Weg. Meistens wurde er von Nachbarn, die das Spiel schon kannten, am Ende der Siedlung wieder eingefangen. Die Deutschlandkarte auf den Seiten 6/7 war das kuriose Dokument seines Scheiterns. Ich besitze sie noch heute. Von Hamburg aus zeigen dünne, mit blauem Kugelschreiber gezeichnete Linien sternförmig in alle Himmelsrichtungen, relativ gerade von Ort zu Ort sich hangelnd, bis sie ans Meer stoßen und in einem kleinen Kringel enden.

Wichtiger als die Flucht war ihm die Art und Weise, in der geflohen wurde. Er schien mehr von einem Bild besessen als von dem Willen, sein Ziel zu erreichen. Deshalb die geraden Linien, die Konspiration, der Schulatlas. Oder es musste zum Beispiel immer zu Fuß gegangen werden. Schon die Benutzung eines Fahrrades, geschweige denn eines anderen Verkehrsmittels, kam nicht infrage. Seine weiteste Tour war, glaube ich, als er in Soltau aufgegriffen wurde, in der Lüneburger Heide. Soltau war sein erster Anlaufpunkt auf dem Weg ans Mittelmeer, fast achtzig Kilometer Fußmarsch. Er brauchte knapp vier Tage dafür, und auf dem Polizeirevier hat es dann nochmal einen Nachmittag lang gedauert, bis die

Beamten seinen Namen aus ihm herauskriegen konnten. Ich nehme an, er hielt sie für Erfüllungsgehilfen des totalitären Systems, dem unter anderem meine Eltern und ich angehörten und denen man ohne inquisitorische Verhöre keine Details anvertraute. Da war er in der vierten Klasse, und das war seine vorerst letzte Reise. Danach setzte, zumindest äußerlich, eine gewisse Normalität ein.

Aber er ist diese Tendenzen auch nie richtig losgeworden. Seine Ruhelosigkeit schlug dann um in Verweigerung, Kleinbürgeranarchismus, Querulantentum. Als ich älter war, habe ich ihm das auch einmal gesagt, und er hat nur geantwortet, das würde fein in mein Weltbild passen, dass es keine Irritationen gebe. Aber nicht das Einzelne sei irritierend, irritierend sei das Ganze. Das einzusehen habe man aber nur Gelegenheit, wenn man außerhalb des Ganzen sich befinde, und in diesem Moment habe man eh nicht mehr die Wahl. Ich weiß nicht mehr genau, wie er das formulierte, es ist auch unwichtig. Er hat viel Zeug gelesen damals, und er war immer sehr schnell in abstrakten Formulierungen, sodass man oft zu überrascht war, um überhaupt darüber nachzudenken, ob diese Formulierungen auch sinnvoll waren.

Er hatte auch von Anfang an diesen Hang zum Auswendiglernen. Namenslisten, Jahreszahlen, Fremdwörter. Die absurdesten Dinge wusste er auswendig. Das Morsealphabet, die Orte aller Olympischen Spiele der Neuzeit, die 200 wichtigsten Deutschen laut Taschenkalender des Jahres 1956. Er war der Meinung, im Notfall alles im Kopf bei sich haben zu müssen. Im Notfall. Unsere Telefonnummer dagegen hat er sich nie merken können.

Und natürlich – natürlich gab es auch positive Seiten. Er konnte sehr unterhaltsam sein, wenn er einmal seinen sogenannten Weltekel vergaß. Was auch Marit als Erstes auffiel, als sie ihn kennenlernte. Ihre Menschenkenntnis ist ja bestechend. Sie mochte diese amüsante Seite an ihm, aber leider kam sie zunehmend seltener zum Vorschein. Immer mehr endete es in wildem Streit. Verhältnismäßigkeit der Mittel, das gab es gar nicht.

Heute Nachmittag haben Marit und ich endlich den Garten für den Herbst hergerichtet. Es war ein atemberaubend schöner Tag. Wir haben die verblühten Sommerblumen herausgerupft, den Pool abgedeckt und Tee getrunken zwischendurch. Das heißt, die schwere Arbeit habe natürlich hauptsächlich ich gemacht. Marit hat mich durch Ratschläge unterstützt. Mein Rücken ist diese Sorte Arbeit kaum noch gewöhnt, und ich werde die nächsten Tage vor Verspannung und Muskelkater wahrscheinlich kaum laufen können. Mit einem Buch in der Hand hat Marit fast die ganze Zeit unter dem Sonnenschirm gesessen, und sie war so fröhlich wie seit Wochen nicht mehr. Sie scheint die Operation gut überstanden zu haben.
«Wenn es ein Junge wird, werden wir es nach ihm nennen», hat Marit gesagt, und ich habe gelacht.
Da kann man nur hoffen, dass es kein Junge wird.

Wolfgang Herrndorf

«Und einer wie, sagen wir, Nick Hornby kann sich schon jetzt mal eine saftige Scheibe von ihm abschneiden.»
(Frank Schulz in «konkret»)

Tschick
Roman. rororo 25635

In Plüschgewittern
Roman. rororo 25883

Diesseits des Van-Allen-Gürtels
Erzählungen. rororo 24777

Sand
Roman. rororo 25864

rororo 25635

David Wagner

«Raffiniert konstruiert, sprachlich geschliffen und sehr unterhaltsam.» FOCUS

Vier Äpfel
Roman
rororo 25274

Was alles fehlt
Erzählungen
rororo 25562

Meine nachtblaue Hose
Roman
rororo 25640

Spricht das Kind
Erzählungen
rororo 25528

Leben
Gebunden
ISBN: 978-3-498-07371-8

ISBN: 978-3-498-07371-8

Ein Sommernachtstraum in San Francisco.

Titania, die Elfenkönigin, ist außer sich: Ihr Kind ist tot.
Sie löst den tausendjährigen Zauber, der den Dämon Puck
in Bann gehalten hat aus schierem Überdruss an ihrem Leiden.
Die Folgen sind dramatisch, in dieser wie in jener Welt.

«Bewegend und ungeheuer komisch.»(The Guardian)

**«Adrian ist ein hochbegabter und furchtloser Erzähler.»
(The New York Times)**

ISBN 978-3-498-00085-1

Das für dieses Buch verwendete FSC®-zertifizierte Papier
Lux Cream liefert Stora Enso, Finnland.